Der Leser begleitet Fred durch seine Kindheits- und Jugendzeit in einem schwierigen Elternhaus. Er ist dabei, wenn Fred in verschiedenen Schulen durch sein unstillbares Bedürfnis, seine engen Grenzen auszuloten, auf Schwierigkeiten stößt.

Günther Seidel erzählt auch von Freundschaften, die - obwohl sehr eng - doch auf tragische Weise zu Ende gehen.

Und von Ausbildungsjahren, die geprägt sind von einer Vielfalt an Erfahrungen, nicht zuletzt von farbigen Erlebnissen mit dem anderen Geschlecht."

fred

*ein
leben
aus
den
fugen*

Günther Seidel

Es ist nicht nötig die eigene Herkunft

zu kennen,

um die Zukunft gestalten zu können.

Aber es hilft!

Inhalt

Menschwerdung	08
Eine Nacht im Keller	11
Hintergrundinformation	18
Der Tag danach	20
Radio Nachtrag	25
Die Einschulung	27
Der Schulweg	36
Die zweite Klasse	40
Die große Schaukel	45
Schwimmen (?) lernen	47
Der Vater	50
Markt-Oberdorf	55
Der Butter brennt!	59
Die Kupferzwiebel	63
Der Cowboy ohne Colt	66
Opa Aitrang	73
Die Forelle	77
Die Abkürzung	83

Der Ausflug	86
Die Feuchte Wiese	91
Werner	96
Die Flugschanze	99
Allgäuer Weihnacht	104
Onkel Toni	111
Der erste Besuch	114
Endstation Ammersee	119
Freds Schulweg ins Gymnasium	124
Der Erbe	130
Ein Unglück kommt selten allein	135
Café Viereck	140
Onkel Bernd	143
Ferien im Bahnhof	148
Die Notbremse	152
Leyla	155
Die erste Zigarre	158
Der Abschied	160
Neue Heimat Heidelberg	164
Der Funker	171

Die amerikanischen Nachbarn	175
Das Nachtgespenst	179
Blutsbrüder	186
Schlossgeister	192
Die Mönchhofschule	198
Frau Dr. W.	205
USAREUR Heidelberg	210
Herr Trä(ai)ner	215
Die Folgen. Eine w. Betrachtung	223
Der Frühschoppen	225
Das Backfischfest	231
Original Heidelberg	238
Gar lustig ist das…	245
Der Pressluftschuppen	250
Der Schneider von Halstenbek	253
Winter im Friesland	258
Hoch über Wuppertal	263
Der Sonnensee	266

Ende der Jugend

Menschwerdung

Es geschah, dass Fred empfangen wurde. Die Wochen vergingen und er wuchs heran. In dem Maß, in dem sein Bewusstsein wuchs, entstand bei ihm eine große Freude: »Ist es nicht wunderbar, dass ich bin!« Er begann, seine enge Welt zu entdecken. Als er die Schnur fand, die ihn mit seiner Mutter verband und die ihm die Nahrung gab, da bebte er vor Freude: »Wie groß muss die Liebe dieses Wesens sein, dass es sein eigenes Leben mit mir teilt!" Da hörte er eine Stimme: „Ich bin Dein Bruder. Du siehst mich nicht, aber Du kannst mich fühlen. Ich bin in Dir." Wochen vergingen und wurden zu Monaten; er bemerkte Veränderungen: »Was geschieht, was bedeutet das?» fragte er sich. Da hörte er wieder die Stimme seines Bruders: „Dein Dasein in dieser Welt wird bald ein Ende haben. Du wirst hinaus müssen in ein anderes Leben." Zweifel kamen ihm; »Wie sollte ich ohne diesen Verbindungsstrang leben können? Und außerdem hat mir noch niemand erklärt, was d a n a c h kommt. Nein, was kommt muss das Ende sein! War alles sinnlos.« Wieder hört er diese innere Stimme: „Sei geduldig, es kommt eine große Überraschung!" »Was ist denn eine Überraschung? Was ist das Wesen, in dem ich bin? Wer ist das Wesen das zu mir spricht? Wie bin ich überhaupt hierher gekommen?

Womöglich erlebe ich nur eine Phantasie. Alles ist nur ein Traum, um meine Existenz zu erklären.«

So waren die letzten Tage im Schoß seiner Mutter gefüllt mit großer Angst und vielen Fragen. Schließlich kam der Moment der Geburt. Als er sich aus seiner engen, nassen Welt gequetscht hatte, öffnete er seine Augen und was er erblickte, übertraf seine kühnsten Träume: Loslösung war das Zauberwort, Durchdringen, Gewohntes hinter sich lassen! Ist die Zeit gekommen nach der Spanne des Wartens, der Reife und der Freude, sind Licht, Wärme und Geborgenheit das besondere Geschenk der Natur. Die Geburt ins Diesseits; Gleichzeitig hörte er wieder die innere Stimme: „Ich bin dein Bruder. Ich bin schon wieder gegangen. Und doch meine Seele hat vieles gelernt. Für dich beginnt jetzt die Vorbereitung auf die Geburt ins Jenseits. Ich werde Dich begleiten." Jetzt war er Fred. Jetzt begann der Moment seines Aufbruchs. Nicht in ein Leben gefüllt mit Wärme und Liebe, sondern in ein einsames Abenteuer, voller Kälte und Entbehrungen.

Die Mutter die ihm sein Leben schenkte, verabschiedete sich ohne Worte. Fred fühlte, wie sich ihre Seele entfernte; sie schien noch ein letztes Mal zu winken. - Nun sammelte Freds Seele alle Teile, die ihn ausmachten. Das erste Mal war Freds Leben aus den Fugen geraten.

Nun wartete ein erbarmungsloses Diesseits auf das nackte Kind. Die nährende Brust war verloren. Kein Ersatz weit und breit. Statt Fürsorge gab es Krieg, Bomben und Soldaten. Fred fing an seinen Bruder, der schon gegangen war, zu beneiden. Es war 1940 im Dezember.

Eine Nacht im Keller

Fred wurde geweckt, Der Mond schien blass durchs Fenster und zeichnete fahle graue Schatten an die gegenüberliegende Wand. Das Geräusch aus der Ferne, das einem immer näher kommenden Schwarm von Hornissen verblüffend ähnelte, war nicht zu überhören. Diese gefürchteten Insekten wurden jetzt auch noch von einem durchdringenden Heulton übertönt.

Seine neue Mama - mit einer schicken blonden Hochfrisur - hatte ein rosarotes Baby mitgebracht. Ihre auffällig blonden Locken waren hoch gekämmt und gaben ihrem etwas kantigen Gesicht eine sympathische Wärme. Ungeduldig begann sie zu schimpfen: „Immer wenn die Sirenen heulen, müssen alle ganz schnell in den Keller!" Fred lauerte, angezogen auf seinem Bettrand sitzend und lauschte auf diese seltsame Mischung von Geräuschen. Neugierig wartete er. Irgendetwas machte ihm Angst. Eine unbestimmte Angst, die in seine Eingeweide kroch; obwohl er noch nicht um die Gefahr wusste, spürte er intuitiv dieses bohrende Unbehagen. Es wurde immer unheimlicher. Mamas Bewegungen schienen mit einem Mal ungewöhnlich hastig zu werden. Ängstlich klammerte sich Fred zitternd am Kinderwagen fest. Darin zog sich Heike, wie seine neue kleine Schwester hieß, ihre Decke über den Kopf. Ihren zweiten Geburtstag im Frühjahr hatte er schon vergessen. Das Einzige, das ihm in Erinnerung geblieben war, war Heike als Konkurrenz. (Heike als Konkurrenz war ihm jedoch sehr bewusst.) Und zum Spielen taugte sie natürlich auch nicht. Aber er spürte: Jetzt gerade ging es um ernstere Dinge. Im dunklen Zimmer flackerten zahllose Schatten. Die ungewohnten Geräusche von draußen, Dröhnen von Motoren, das Auf- und Abschwellen der Sirenen und irgendein komisches Geklapper wurden immer lauter. Etwas Unheimliches drohte.

Sein Zuhause, das letzte Einfamilienhaus auf der ruhig gelegenen Seite der Margaretenstraße lag eingequetscht zwischen Park und Zahnrad Fabrik. Gut war der angrenzende Wald des Riedleparks. Hier gab es immer tolle Spielplätze, wo man sich auch echt gut verstecken konnte! Das Schlechte daran war die unmittelbare Nähe der ZahnradFabrik „ZF". Fred sah diesen Aspekt natürlich völlig anders. Ständiges geschäftiges Treiben zwischen den Fabrikgebäuden hier, am Rande des Riedlewaldes ergänzte die Spielplätze der Jungs in idealer Weise. Da war immer etwas los. Zusätzlich gab es noch seit Ausbruch des Krieges Zuwachs bei den Spielkameraden. Jetzt waren in einigen Häusern noch zusätzliche Familien einquartiert worden. Einige sprachen sogar ganz fremdartig. Aber die Kinder verstanden sich trotz der Sprachbarrieren prima.

Mama insistierte: „Los, beeil dich! Wenn die Sirenen anfangen zu heulen, müssen alle in den Keller. Wenn wir hier bleiben ist es sehr gefährlich, weil im Krieg die fremden Soldaten Bomben aus Flugzeugen werfen, damit alles kaputt geht. Auch die ZF nebenan." Fred begriff gar nichts. Er ergab sich in sein Schicksal und hoffte inständig, dass alles schnell gehen sollte. Am besten morgen wieder mit seinen Kumpels den Riedlepark erobern.

Nun packte Mama seine kleine Hand, das Baby unter den anderen Arm geklemmt, und sauste Richtung Treppe. Die Sirenen schienen jetzt noch lauter zu sein. Das Brummen wurde immer unheimlicher. Stufe für Stufe stolperten die drei aus dem ersten Stock in den Keller hinunter. Es war morgens vier Uhr am einundzwanzigsten Juni 1943. Da zerriss ein lauter Knall den allgemeinen Lärmpegel. Im wahrsten Sinn des Wortes hörte Fred nichts mehr. Die Menschen um ihn herum bewegten sich wie Geister. Sie drängelten sich alle vor unserer Kellertür. Ein großer weißer Pfeil zeigte nach unten. Das Brummen war zum lauten Dröhnen angeschwollen. Der Keller roch muffig, war feucht und kalt. Fred war zum ersten Mal hier unten. Sonst war dieser große, stabile Keller immer mit einer dicken Metalltür verschlossen gewesen. Es gab nicht den Hauch einer Chance für den neugierigen Fred, hier zu spionieren. Jedenfalls war dieser Tag richtig blöd. Nicht ausgeschlafen, dann hektische Rennerei, miese Stimmung und viele schlecht gelaunte Leute. Aber nun versprach der Kellerraum, den er noch nie vorher hatte erkunden können, wenigstens ein kleines Abenteuer. Der kleine Fred wurde zwischen Mama und einer dicken, schwitzenden Nachbarin eingequetscht. Mama hatte die noch kleinere Heike auf dem Schoß. Das Baby war ganz dick eingepackt. Fred hatte nur seinen dünnen Regenmantel über seinem Schlafanzug. Darunter Hemd und Hose. Man musste ja immer mit Luft-angriffen rechnen und dann wäre eh keine Zeit mehr zum Anziehen hatte die Mama erklärt. Viele der anderen Leute, die sich auf den Holzbänken drängten, waren so dick angezogen, dass sie wie pralle Würste aussahen. Es waren auch viele Fremde dabei, von denen Fred keinen kannte. Aber fast alle starrten ängstlich vor sich hin. Bei Fred überwog seine Neugier: Auf was warten wohl die vielen Leute in unserem Keller? Da passiert bestimmt noch etwas! Fred wartete geduldig. Es blieb ihm ja nichts anderes übrig.

Lautes Krachen. Die kahle Lampe, die ohne Schirm von der Kellerdecke baumelte, schaukelte heftig. Der ganze Keller wackelte. Dann ging die Lampe einfach aus. Ein Streichholz zischte. Eine Frau mit Kopftuch entzündete mit der kleinen Flamme eine Kerze. Fred hatte, trotz seiner unbändigen Neugier, doch ein wenig Angst. Alle waren sehr still und horchten wartend. Die Sirenen heulten schrill. Das Krachen wurde bedrohlich lauter. Die meisten Leute im Keller rissen den Mund auf und hielten sich die Ohren zu. Das sah vielleicht echt komisch aus. Plötzlich zerriss ein wahnsinniger Knall die knisternde Stille. Als wäre im Garten der Hasenstall explodiert. Der dicke Eisendeckel vor dem Kellerfenster flog weg. Der hatte so stabil ausgesehen und flog wie von einem Riesen weggeblasen durch den großen Keller. Die Schatten der flackernden Kerzen wurden mit dem Knall ausgelöscht. Eine Taschenlampe blitzte auf. Ihr Lichtstrahl traf einen Mann, der von dem Fensterdeckel umgerissen worden war. Er blieb vor der Wand, wo zum Glück keiner saß, Blut spritzend liegen. Die Taschenlampe wurde wieder ausgeknipst. Die Stille, die folgte, knisterte förmlich. Man hörte nicht einmal mehr die Sirenen. Plötzlich ging das Licht der Glühbirne wieder an. Der blutende Mann rührte sich nicht mehr. Fred reckte seinen Kopf, um besser zu sehen, aber Mama drückte ihn zurück in ihren Schoß. Das Baby war ein bisschen im Weg und deshalb konnte er jetzt überhaupt nichts mehr sehen.

Langsam verebbten die Explosionen. Viele der Leute weinten. Freds Neugier bohrte. Ob der Mann sich wohl immer noch nicht wieder bewegte? Es war einfach nichts zu sehen. Endlich stand Mama auf. Aber irgendjemand hatte den blutenden Mann jetzt mit einem Mantel zugedeckt. Saublöd. Gemurmel kam auf. Die Sirenen klangen jetzt irgendwie anders. Das monotone Brummen der Flugzeuge wurde immer leiser. Ein wichtig aussehender Mann in Uniform ging hinaus. Bald kam er wieder zurück. „Jetzt könnt ihr wieder raus", rief er. „Der Angriff ist vorbei!" Ein großer Tumult begann. Endlich nach einer gefühlten Ewigkeit keine muffige Luft mehr. Dem Klogeruch entfliehen. Draußen rannten alle kreuz und quer herum. Der Himmel leuchtete, obwohl es noch Nacht war, ganz hellorange. Überall rundherum brannte es. Feuerwehrleute, schwitzende Sanis, übereifrige Soldaten und sonstige Uniformierte rannten sehr geschäftig durcheinander. Fred stieg wieder, halb gezogen, halb freiwillig, an Mamas Hand die Treppe in den ersten Stock hinauf. Er war fast erstarrt ob der vielen flirrenden Eindrücke. Seine Gedanken kreisten noch immer um die Erlebnisse im Keller. Schade, dass er den blutenden Mann nicht mehr hatte sehen können. Sie erreichten wieder die Wohnung. Die vorher geschlossenen Fenster standen offen. Die meisten Scheiben waren geborsten. Überall auf dem Boden glitzerten Glasscherben wie Edelsteine Das schöne Geglitzer regte seine Phantasie an: Aus ihrem Zuhause war eine Räuberhöhle geworden! In der Küche kullerten zwischen Pfannen, Töpfen und Kartoffeln auch Äpfel auf dem vorher blitzeblanken Fußboden herum. Dazwischen blinkten Stücke von Gläsern und Geschirr. Das versprach ein richtiges Abenteuerland zu werden. Bestückt mit Edelsteinen und Kostbarkeiten. Doch Fred wurde wieder einmal unsanft aus seinen Träumen gerissen: „Schnell ins Bett. Es ist noch zu viel zu früh zum Aufstehen!" Das verstand er gar nicht. Er war doch schon auf! Und er hätte so gern noch „aufräumen" geholfen. Aber so war es immer: Wenn es spannend wurde, wurde man weggeschickt! Bloß weil man noch zu klein war.

Hintergrundinformationen

Die letzte englische Luftattacke auf Friedrichshafen war ein Präzisionsangriff auf eines der wichtigsten Industrieziele: Die Luftschiffbau Zeppelin GmbH. Gleichzeitig wurde hier auch die größte Produktionsstätte der sogenannten ‚Würzburg-Radar-geräte' getroffen. Dies hätte schon viel früher ins Konzept der britischen Luftkriegsstrategen gepasst. Doch das Ziel war besonders klein und musste daher außerordentlich präzise angeflogen werden.

Am lauen Sommerabend des 20. Juni 1943, es brach bereits die Nacht zum Montag an, starteten in Scampton, Mittelengland, 56 Lancaster aus der 5. Bombergruppe und vier Flugzeuge der 8. Pathfinder Force und flogen in südöstlicher Richtung über den Kanal. Westlich von Le Havre erreichten sie in 3.000 Meter Höhe den Kontinent. In Nordfrankreich gerieten sie in ein Gewitter (wobei eine Maschine den Anschluss an den Verband verlor). Ab Orleans unterflogen sie, entlang des Rheins, in niedriger Höhe (unter 900 Meter) das deutsche Radarnetz.

59 Flugzeuge warfen 33 Sprengbomben zu 4000 Pfund, (in Deutschland „Wohnblockknacker" genannt) ab Dazu über 500 Sprengbomben zu je 500 Pfund (mit 0.25 Sek

Verzögerungszündung, damit die Bombe zuerst die Obergeschosse durch-schlug, bevor sie im Erdgeschoss oder Keller, oder im Luftschutzraum detonierte!). Zusätzlich 570 Phosphor-Brand-bomben á 30 Pfund und an die 4280 Stabbrandbomben á 4 Pfund, insgesamt also über 5000 Bomben fielen in dieser Nacht auf Friedrichshafen. Nur zirka neun Prozent trafen das eigentliche Ziel, die Luftschiffbau Zeppelin, für damalige Verhältnisse eine recht gute Quote. Es wurden leider mindestens 44 Menschen, 35 Wehrmachtsangehörige, fünf Flaksoldaten und nur vier Zivilisten getötet. 155 Menschen wurden verletzt. Die National-sozialistische Volkswohlfahrt (NSV) meldete noch 260 Familien mit 782 Personen als neu obdachlos.

Der Tag danach

Die große Woge der Bombardierungen hatte sich mehrmals überschlagen, aber war nun vorüber. Danach überall prasselnde Feuer. Stellenweise rauchte es noch hie und da aus den Ruinen. Sogar die schönsten Spielplätze im Riedlewald waren nun unbrauchbar verändert. Ganz nahe bei Freds Zuhause in der Mararethenstrasse waren völlig neue „Abenteuerspielplätze" entstanden. Diese „neue Landschaft" hätte ein Geschenk sein können. Leider wurde der Zugang von Uniformierten und sonstigen Wichtigtuern penibel bewacht. Fred und die Jungs aus der Nachbarschaft lernten schnell zu unterscheiden, wer wichtig war und wer nicht. Es gab nämlich auch Streuner, die einfach alles brauchen konnten. Sie stopften sich die Taschen voll und taten so, als seien sie von Geheimdienst höchstpersönlich. Da kamen schon mal Steine geflogen. Schnell verstecken oder einfach in Acht nehmen war da die beste Lösung. Und das gelang den Kindern schon wegen ihrer geringen Größe einfach viel besser. Die Großen und die Wichtigtuer hatten mittlerweile alle Zugänge durch Schilder gesperrt, aber Gott sei Dank konnten ja noch nicht alle Kinder lesen!

Fred traf sich mit Hans und Willi, zwei Jungs aus der Nachbarschaft, in der völlig zerstörten ZF ganz in der

Nähe. Über eine umgefallene Wand, die nun schräg bis in einen Keller hinunterreichte, kletterten sie, halb auf dem Hosenboden rutschend, hinab ins wartende Abenteuer. Es war ziemlich feucht hier unten. Stellenweise rauchte es noch. Wo die Finger des Tageslichts nicht hinreichten, zauberten ein Knacken und Knistern eine unheimliche Höhlenatmosphäre. Das war für neugierige Jungs so anziehend wie der Honig für Meister Petz. Nur war der Bär wahrscheinlich etwas mutiger. Was es hier unten alles zu finden gab: Werkzeuge, die keiner von ihnen jemals vorher gesehen hatte. Große und kleine rätselhafte Maschinen, die wie zufällig gewürfelt herumlagen. Besonders aufpassen mussten die Kinder bei geborstenen Trägern und anderen blanken Metallstücken, die überall hervorragten. Die schienen sich mit ihren messerscharfen Kanten noch ein letztes Mal verteidigen zu wollen. Ganze Bollwerke von kreuz und quer verstreuten zerbrochenen Büromöbeln und Schreibtischen versuchten immer wieder listig, die kleinen Füße einzuklemmen. Man konnte nicht einmal mehr feststellen, wo man war. Aber das war dem Trio letztendlich auch egal. Es lebe die Schatzsuche! Herrlich, dieses wunderschöne Tohuwabohu! Es war, wie man sich einen Kindergeburtstag wünschte. Vor allem ohne nachher aufräumen zu müssen!

Fred fand einen Hammer. Der sah ziemlich neu aus und war bestimmt noch nützlich. Er verstaute ihn im

Hosenbund. Da konnte er ihn nicht mehr verlieren. Später bei den größeren Jungs konnte man den für Schokolade oder Bonbons eintauschen. Die gab es nämlich zu Hause nicht; statt dessen eher Prügel, denn die Hose war gerade schon wieder mal schmutzig und hatte vielleicht auch noch ein Loch! Kaum denkt man dran: Riiitsch! Man sollte einfach nicht an solche Dinge denken. Da scheint es nämlich eine Art Petrus im Himmel zu geben, der einem die Sachen, an die man gerade denkt, erfüllt, ob es nun Wünsche waren oder nicht. Diesmal hatte es Petrus bestimmt falsch verstanden! Ein kleines Dreieck im Hosenbein blinkte. Hoffentlich merkte Mama nichts! Da rief Willi: „Schnell kommt mal her! Hier ist ein ganzer Kasten mit Bleistiften und Kreide." Was für ein Schatz! Fred, Willi und Hans stopften sich alle Taschen ihrer Hosen voll. Willi fand sogar noch einen Füller mit richtiger Tinte. Das war die allergrößte Trophäe! Aber wie kommt es oft, wenn's so richtig läuft? Unverhofft!

„Horcht, waren da nicht Geräusche von der anderen Seite. Schnell weg, da kommt jemand!" warnte Hansi. Hastig kletterten sie wieder die steile Wand hinauf. Dort, wo sie vorher ganz leicht herunter gerutscht waren, kamen sie jetzt immer wieder ins Stolpern. Gut, dass sie sich an den Eisenstangen, die wie Haare aus der Wand sprießten, entlang hangeln konnten. Willi fiel hin, konnte sich aber gleich wieder hochrappeln. Oh je auf seiner Hose erschien ein blauer Fleck, der langsam Richtung Knie wanderte. Bei Jeans wäre das Malheur gar nicht aufgefallen. Aber die gab es damals noch gar nicht! Der Füller bestand jetzt aus zwei Hälften. Zerbrochen. Nun taugte er nicht mehr zum Tauschen. Schnell weg damit. Der Fleck blieb trotzdem; und Willis Finger hatten nun auch noch ein schönes blaues Muster. Wie so oft nach den Hausaufgaben. Jetzt musste die „Kriegsbeute" nur noch versteckt werden. Mama hatte schon gerufen. Also schnell Richtung Gartenhaus. Dort im Hasenstall hinter dem Strohballen hatte Fred heimlich einen kleinen Karton für „Fundstücke" deponiert. Da ja meistens nur er die Hasen fütterte, war die Gefahr der Entdeckung relativ gering. Komisch - das mit dem Depot blieb auch viel später noch so. Nur, dass die Kartons nun größer und nicht mehr im Hasenstall waren.

Die Flecken auf der Hose wurden von Willis Mutter natürlich sofort entdeckt. Die Folgen waren gar fürchterlich: zwei Tage Hausarrest. Da konnte man sich nur in sein Schicksal ergeben. Fred und Hans mussten nun erst einmal als Abenteuer-Duo alleine losziehen. Aber eines war ganz sicher: Auf alle warteten noch ganz viele Überraschungen! Leider war nun aber auch nichts mehr so wie früher! Und die Luftangriffe waren auch noch nicht ganz zu Ende.

Gar mancher spürt, jetzt fast entsetzt, dass sein Schicksal Messer wetzt!

Radio-Nachtrag

Seit dem Kriegseintritt der Vereinigten Staaten von Amerika (Kriegserklärung durch Deutschland am 11. Dezember 1941) waren schon mehr als zwei Jahre vergangen. Bereits 1942 war die United States Array Air Force (USAAF) auch auf dem europäischen Kriegsschauplatz erschienen. Am 16. März 1944. fanden erneut Luftangriffe auf Augsburg und Friedrichshafen durch die 8. United States Army Air Force (USAAF) statt sowie auch Nebenangriffe auf Ulm und Gessertshausen. Also drei Tage n a c h der kriegsbeendigenden Besprechung in Pinetree, USA! Es war der letzte Tagangriff der 8. USAAF zur endgültigen Zerschlagung des noch bestehenden deutschen bewaffneten Widerstands. Der Angriff auf Augsburg muss als Haupt-Schwerpunktangriff angesehen werden. Die Situation in Friedrichshafen war besser, es wurde von deutlich weniger Flugzeugen angeflogen.

Gleich nach der Konferenz von Casablanca hatte die Airforce mit ihren strategischen Tagangriffen gegen militärische, industrielle und infrastrukturelle Ziele begonnen (Casablanca-Direktive der Combined Chiefs of Staff, Vereinigte Stabschefs, vom Januar 1943). Mit der Pointblank-Direktive im Sommer des Jahres 1943 war die gemeinsame Luftoffensive der RAF und USAAF gegen

Deutschland nochmals definiert worden: „Die Bomberverbände der Vereinigten Staaten und Großbritannien haben den folgenden von den Combined Chiefs of Stall' in Casablanca festgelegten Auftrag: Durchführung einer gemein-samen britisch- amerikanischen Luftoffensive zur fortschreitenden Zerstörung und endgültigen Desorganisation des deutschen militärischen und industriellen Systems. „Die Offensive" diente auch zur Unterminierung der Moral des deutschen Volkes bis zu dem Punkt, seine Fähigkeit, bewaffneten Widerstand zu leisten, vollständig lahmzulegen. Das soll heißen: die Widerstandskraft des deutschen Volkes sollte so weit geschwächt werden, dass endgültige, kombinierte Operationen auf dem Kontinent begonnen werden konnten.''

Die Einschulung

Wenn Freds Papa zu Hause weilte, was eh selten vorkam, war immer ziemlich „dicke Luft". Da sich Fred auch mit seiner zweiten Mama nicht besonders gut verstand, freute sich Fred auf die Schule. Die besonderen häuslichen Zusammenhänge verstand er noch nicht, aber intuitiv spürte er, dass irgend etwas nicht stimmte. Das Naheliegendste für sein Gefühl war, Mama und seine kleine Schwester Heike als „Fremdkörper" zu empfinden. Da es niemand gab, dem er seine Sorgen hätte anvertrauen können, versuchte er natürlich so oft wie möglich aus den Familiengrenzen auszubrechen. Was Fred als besonders große Last empfand war, der dauernde Zwang der in allem steckte. Zum Beispiel wurde Fred, wenn er nicht aufgegessen hatte, das gleiche Essen so lange serviert, bis der Teller leer war. Da half weder Protest noch Verweigerung. Manchmal schaffte es Fred sogar sich der Reste im Mülleimer oder (bei Suppe) im Blumentopf zu entledigen. Das hatte natürlich meistens Prügelstrafe oder Hausarrest zur Folge. Weiter waren auch die Überwachung der Schlafzeiten total übertrieben. Fred musste spätestens um acht Uhr im Bett sein. Dann durfte er noch eine halbe Stunde lesen. Wenn ein Buch wie Winnetou besonders spannend war, las Fred mit der Taschenlampe unter seiner

Bettdecke weiter. Leider verriet ihn oft der schwache Lichtschein, an den Fred vor lauter Aufregung nicht dachte. Dann wurde für eine Woche die Taschenlampe weggeschlossen und die Glühbirne aus der Lampe gedreht. Aus Rache versteckte er manchmal die Herztropfen seines Vaters oder knipste sich etwas zu essen vom Vorrat aus der Speisekammer. Davon hatte Fred nun endgültig genug. Bald zur Schule gehen zu dürfen (!), versprach ihm die Aussicht auf Freiheit und die Loslösung von dem dauernden häuslichen Zwang. Da konnte er zum Bücherlesen auch mal länger in der Schule bleiben. Die Ausrede Schule wurde immer akzeptiert. Auf jeden Fall war man weg vom Eingeschlossensein. Trotz der Gefahr sich auf neue Regeln einlassen zu müssen, überwog doch seine Neugier auf die neuen Wege zur Freiheit.

Im Herbst 1946, nach dem Ende dieses schrecklichen Krieges, war die Grundschule endlich wieder - notdürftig, eingeschossig - aber für einen, immerhin regelmäßigen Zweiklassenbetrieb hergerichtet. Am Ende eines schönen Sommers mit viel Spielen, Baden und Schwimmen im Negerbad und im nahen See, war es endlich soweit. Fred wurde zusammen mit seinen drei Kumpels aus der Nachbarschaft eingeschult. Der gesamte Südosten der Stadt lag im Einzugsbereich der Pestalozzischule. Gleich um die Ecke bestimmte die Canisiuskirche das Stadtbild. Hier war Fred katholisch getauft worden. Was ihm aber wirklich völlig egal war. Geboren am siebten Dezember, war er zwar noch nicht ganz sechs Jahre alt, aber seine Eltern trauten ihm aus mehreren Gründen die Schule schon zu. Zum einen hofften sie, dass das aufmüpfige Kind nun endlich aufgeräumt wurde und doch noch lernen würde, Regeln zu respektieren!

Vor dem Eingang der Schule in der Allmandstraße störte noch immer ein tiefer Bombentrichter. Dieser war nun inzwischen zur Hälfte mit Wasser gefüllt. Fred träumte, wie so oft, wie schön es jetzt wäre, wenn das hier ein Weiher, da grüne Büsche und rund herum quakende Enten wären. Der Kinderlärm vom geteerten Hof, hinter dem Hauptgebäude der Schule holte ihn in die Realität zurück. Viele der übrig gebliebenen, noch halbwegs bewohnbaren Häuser drum herum trugen noch die Zeichen des Krieges. Große Schutthaufen versperrten hie und da den Weg. Und dazwischen drängelten sich französische Militärfahrzeuge, die oft auch noch total unnötigerweise die Straßen blockierten.

Ein hoher nackter Maschendrahtzaun trennte den kahlen, langweiligen Schulhof zur Katharinenstraße hin ab. Hier und auf vielen der Nachbargrundstücke harrten immer noch die geborstenen Ruinen der ehemaligen Wohnhäuser mit vielen Blindgängern auf ihre endgültige Räumung. Fred wollte gar nicht daran denken: So viele Schutzsuchende hatten trotz der Luftschutzkeller ihr Leben verloren. Andere unschuldige Bürger verloren beim letzten verheerenden Bombenangriff „nur" ihr Zuhause. Es erschreckte ihn, wie das Leben einfach so weiter würfelte. Fred und seine Mitschüler spielten, in den Pausen, vielleicht sogar auf solchen Knochen Fangen. Gott sei Dank wurden die Kinder, während sie auf diesen Trümmerresten spielten, nicht auch noch mit der Tragik des Krieges konfrontiert. Sie lebten im Augenblick. Auch wenn viele immer alles gewinnen wollen und doch meistens dabei alles verlieren...

Am ersten Schultag wurde Fred von seiner Mama begleitet. Der neue Lederranzen kostete ein halbes Vermögen und Griffel, Schiefertafel, Blei-und Farbstifte waren sehr zerbrechlich und auch nicht umsonst! Schultüten mit Spielzeug und Süßem kannte damals (noch) niemand. Zum einen konnte man solche nicht kaufen und zum anderen hätte auch keiner Geld dafür ausgegeben: Nur clevere Geschäftsleute waren so kurz nach der Währungsreform flüssig! Vermutlich hatten sie während des langen Krieges viele ihrer Warenbestände gut versteckt oder einfach bessere Beziehungen zu den „Schlüsselstellungen" der Mächtigen.

In dem großen Klassenraum, in dem sich alle Schüler versammelten, standen die Pulte exakt in zwei Reihen.

Davor, an drei Extratischen, saßen auffallend alte Lehrer. Viele von denen wirkten müde. „Die Kinder bitte zur Schul-Aufnahme-Prüfung antreten!" erklang es plötzlich ziemlich laut. Die anwesenden Elternteile verteilten sogleich ihre zukünftigen Erstklässler an die abgewetzten Pulte. Ein Lehrer mit einem lustigen grauen Haarkranz hinter seiner langen, glänzenden Stirn begrüßte Fred: „So, du willst also auch etwas lernen?" Die Frage von dem, der aussah wie ein Hungerhaken, war schon interessanter: „Weißt Du denn, wie der höchste Berg in unserem Land heißt?" „Zugspitze", antwortete Fred ganz stolz, wie aus der Pistole geschossen. Er war ganz froh über diese Frage, denn Flüsse, Städte und die Berge vieler Länder zu kennen, war nämlich eines seiner Hobbys. „Und wie heißt unsere Landeshauptstadt?" fragte die „Glatze" weiter. „Die nächste Kreisstadt ist Tettnang und die Hauptstadt vom ganzen Land ist Stuttgart!" Fred fand die Prüfung ganz amüsant. Solange er nur gefragt werden würde, was er schon wusste, war die Schule für ihn „hopfenleicht".

Der Lehrer mit der glänzenden Glatze nickte beeindruckt. „Eingeschult!" befand er. Fred hatte die erste Hürde bravourös genommen. Seine Mutter drängte ihn nun eilig und zugleich erwartungsvoll in den zweiten Klassenraum. Hier versammelten sich immer mehr der „geprüften" Schulanfänger. Das Gemurmel schwoll an. Am Ende bekam die neue Klasse achtunddreißig Jungs und den Namen 1A. Es war richtig was los in dieser einzigen ersten Klasse.

Am nächsten Tag hingen im gleichen Raum vor der großen schwarz gestrichenen Tafel zwei riesige Landkarten. Fred entzifferte „Deutschland" als Überschrift der einen. Auf der zweiten Überschrift war „Wuerttemberg" geschrieben. Er fand es lustig, dass das Land, in dem er zu Hause war, mit zwei T und einem M geschrieben wurde. Keiner „im Ländle" sprach das so aus, aber er merkte sich das vorsichtshalber. Man konnte ja nie wissen... Später, wenn ihm dieses Wort wieder begegnete, war es bestimmt hilfreich, wenn er es richtig schreiben konnte!

Fred fand auch die Landkarte sehr interessant. Leicht war der Bodensee zu finden und an seinem oberen Rand ungefähr in der Mitte war ein Punkt mit einem kleinen Kreis herum. Daneben stand „Friedrichshafen". Da war er zu Hause! Das musste markiert werden! Fred angelte sich seinen neuen Bleistift aus der Umhängetasche. Die meisten Kinder tobten noch zwischen den Pulten. Die Lehrer waren noch keine zu sehen. Schnell markierte Fred den soeben gefundenen kleinen Kreis mit einem dicken, schwarzen Kreuz. So, jetzt würde er seine Stadt immer schnell finden. Gut dass im Trubel keiner etwas gemerkt hatte. Auch noch nach einem Jahr - die Karte hing jetzt an der hinteren Wand - freute sich Fred über seine heimlich gelungene „Markierung".

Die Erstklässler sollten sich jetzt erst einmal an einen regelmäßigen Schulbesuch gewöhnen. Im ersten Schuljahr begann der Schultag erst um 09.00 Uhr mit dem Frühstück. Schnell schliff sich Routine ein. In der Küche im Keller einen Becher Kakao abholen und das mitgebrachte Brot dazu essen. Dann war Unterricht bis 11:30 Uhr. Um 12.00 Uhr wurde dann zum Mittagessen geläutet.Für die ersten zwei Jahre gab es diese „Schulspeisung". Weil alle Kinder des Krieges wegen unterernährt waren und meist auch entsprechend erbärmlich und mager aussahen! Sie bekamen während dieser Zeit, die immer noch von der allgemeinen Not geprägt war, eine oft magere Mahlzeit. Meistens Gemüse-Eintopf mit Variationen. Nach dem Essen war fast jedesmal ein großer Becher Kakao mit einem Brötchen obligatorisch. Dieser Geruch nach Kakao war richtig durchdringend. Er kroch unter die Haut wie ein Borkenkäfer unter die Rinde. Dieser penetrante Geruch nach Kakao haftete wie ein schlechter Ruf. Bald mochte Fred keinen Kakao mehr riechen!

Die Nahrungsmittel, hatte Fred beobachtet, wurden oft in großen Blechkisten geliefert und stammten von CARE. Oft voll gepackt aus englischen Militärbeständen. Jedenfalls ließen die Beschriftung der Kartons und der diversen

Blechbehälter darauf schließen. Fred konnte die Sprache zwar noch nicht, aber „Army" und die kleinen Abzeichen des Union Jack kannte er schon.

Das Essen wurde im etwas unheimlichen Keller der Pestalozzi-Schule zubereitet. Feuchte und fleckige Wände. Hier wartete man förmlich auf allerlei Wanzen und Kakerlaken, wie sie in anderen Kellern häufig zu finden waren. Die große Behelfsküche machte aber wider Erwarten einen blitzsauberen Eindruck. Eingerichtet mit riesigen Aluminium-Kesseln, alle rundherum mit einem hübschen Muster aus kleinen Kreiswirbeln. Auch auf den Regalen und anderen Behälter glänzte dieses mattsilberne charakteristische Muster. Was Fred auch noch auffiel: Die meisten Köchinnen sahen ziemlich dick aus. Die Armen mussten wohl vor der Ausgabe immer erst alles probieren. Die Kinder dagegen hatten ständig Hunger. Da schmeckte alles, egal ob es aus klappernden, grün lackierten Blechtöpfen oder aus total zerbeultem ehemaligem Feldgeschirr gelöffelt wurde. Am 6. Dezember mittags erschien dann auch noch ein weißbärtiger Nikolaus mit einem langen roten Mantel. Fred überlegte: Ein weißer Bart war ja akzeptabel, aber warum musste der mit einem so roten Mantel protzen? Dann schimpfte er erst, wie zu Hause (Nikoläuse müssen wohl immer schimpfen!) und ermahnte dann die Kinder. Zu loben gab es wohl nichts. Wenigstens durften sich dann alle Kinder zur Feier des

Tages zusätzlich einen gebackenen Nikolaus aus einem großen Weidenkorb angeln.

Fred stellte sich gleich zweimal an.

Der Schulweg

„Festhalten!" Fred ermahnte Egon, der freihändig auf dem untersten Trittbrett saß. „Wir müssen gleich abspringen!" Das lahme Zügle erreichte gerade die Brücke über die Eckenerstraße. Dann schnell über die Gleise stolpern und über die Charlottenstraße, entlang der Marienstraße in die Allmandstraße springen. Schon standen sie atemlos vor der Schule.

Fred wohnte mitten in der Kleinebergstraße. Direkt hinter dem Hafenbahnhof. Damals grenzte der Garten hinter Freds Haus noch an die Eckenerstraße. Direkt dahinter versperrte dort wo heute eine Tankstelle steht, ein doppeltes Bahn-Abstellgleis den Zugang zu Freds „Abenteuerspielplatz", dem Industriehafen. Kurz davor hielten die Züge, vom Stadtbahnhof kommend am Hafenbahnhof. Hier wurden öfters die Loks umgesetzt und nach der Bremsprobe rasch wieder zurück zum Stadtbahnhof geschickt. Das war immer der Moment zum Aufsitzen. Dabei war es wichtig, auf ein dem Hafen-Bahnhof abgewandtes Trittbrett zu klettern. Dann wurde man vom Schaffner nicht so schnell entdeckt. Außen, halb auf dem Trittbrett sitzend, fuhren Fred und sein Kumpel Egon dann, natürlich ohne Fahrschein, bis zum Hauptbahnhof mit. Wenn der Zug dann kurz vor der Einfahrt in den

„Hauptbahnhof" wieder bremste, sprangen sie an der Friedrichsbrücke ab. Die „normale" Alternative ohne die Gleise verbotenerweise zu überqueren, wäre durch die Unterführung gegangen. Dieser Weg wäre sogar kürzer gewesen. Aber längst nicht so spannend! Dieser Nervenkitzel war das Abenteuer der „Kleinen Männer" und damit die tägliche Würze des Schulweges!

Abenteuer erlebten die beiden Kumpels aber auch auf dem „normalen" Schulweg. Zum einen war damals noch das Kippen sammeln beliebt, weil sehr einträglich! Das ging so: An jeder Ecke lungerten immer viele Soldaten herum. Die rauchten permanent und warfen ihre Stummel einfach auf die Straße. Fred und seine Freunde sammelten die angebrannten Kippen und verstauten diese zunächst in den Hosentaschen. Bei den späteren Zusammenkünften mit den anderen Jungs brachte immer einer ein Päckchen Zigarettenpapier mit. Das kostete damals nur zehn Pfennige. Dann wurden die schwarzen, stinkenden Tabakreste aus den Papierresten gepuhlt und zerkrümelt. Vertrockene Blumen, Blätter und getrocknete Tabakpflanzenreste wurden mit einem Fleischwolf in Fasern und Stückchen kleingedreht. Dann in einem großen Karton alles vermischen und aus dem so gewonnenen Rohmaterial neue Zigaretten drehen. Dadurch wurden aus dem mit Nikotin angereichertem Alt-Tabak - *Simsalabim* - neue Zigaretten mit Intensiv-Geschmack! Und dafür gab es immer spendable Abnehmer. So kamen Fred und seine Kumpels auch zu ihrem „Taschengeld". Diese *neue Marke „Herbstblume"* ließ sich auch sehr gut gegen Eier, Butter oder Schokoladenriegel (Hershey's aus den CARE-Hilfspaketen) eintauschen. Das alles war allgemein sehr beliebte Mangelware!

Das einzige Geld, das Fred von seinen Eltern erhielt, waren die täglichen Zehnpfennig-Münzen für das Schulfrühstück. Eine Brezel zum Beispiel kostete zehn Pfennige. Der Becher Kakao dazu war kostenlos. Es gab natürlich auch noch andere Verlockungen! Auf dem täglichen Weg von der Schule nach Hause kam Fred immer an einem Kiosk vorbei. Da gab es für zehn Pfennig eine verlockend große, köstliche Kugel Himbeereis! Eisschlecken war Fred aber aus für ihn unverständlichen Gründen ausdrücklich verboten worden. Und das, was verboten war, vergrößerte nur die Sehnsucht. Es kam, wie es kommen musste: Fred hatte wieder einmal auf seine Brezel verzichtet und das Zehnpfennigstück aufgespart. Dafür hatte er sich den ganzen Vormittag auf ein duftendes Himbeereis gefreut. Das Wasser lief ihm schon im Munde zusammen. Am Kiosk leistete er sich dann, ohne sich umzusehen, eine dieser himmlischen Kugeln. Die Schleckorgie begann. Ganz „zufällig" beggnete ihm sein Papa - oder war es vielleicht Absicht - und ertappte Fred beim verbotenen Eisschlecken. Bei der folgenden Backpfeife wurde selbst die kleine rosa

Eiskugel in Freds Hand zum Geschoss. Fred schielte sehnsuchtsvoll hinterher. Dann spürte er, total verängstigt die brutale Kraft am Hosenträger die ihn nach Hause zerrte. Dort „genoß" er dann noch eine Portion (Himbeereis)-„Nachschlag". Und noch dazu vier Wochen kein Frühstück mehr!

Dem Verlorenen folgt die Sehnsucht!

Die Zweite Klasse

Freds Schulkarriere begann mit dem Schönschreiben von Buchstaben und Wörtern. Die Vorlagen und Muster fand man in den entsprechenden Fibeln. Geschrieben wurde mit „Griffeln" auf Schiefertafeln. Auf der Vorderseite halfen parallele Schönschreiblinien und auf der Rückseite der Schieferscheibe weiße "Rechenkästchen" die Zeichen korrekt zu plazieren. Diese Griffel mussten immer schön angespitzt sein, damit das „Geschreibsel" lesbar wurde. Fred hatte aber schnell herausgefunden, dass für die Schönheit der Schrift nicht die Spitze eines Griffels verantwortlich war. Schönschreiben schien einfach nur Glückssache zu sein. Vielleicht auch ein bisschen Übungssache. Aber Freds Lehrer legte, warum auch immer, besonderen Wert auf schön gespitzte Griffel. Eine alte, rostige Feile aus Großvaters Werkstatt half da sehr. Durch den Rost an der Feile wurde die Spitze aber immer braun. Das abgeriebene Griffelmehl flog dann meistens, wie durch Zauberhand bewegt, dem Hintermann heimlich auf die Tafel. Schon war wieder Anlass für gänzlich unnötiges Palaver.

Freds Griffeldose war aus hellem Holz mit einem am Ende abgerundeten Schiebedeckel. Darauf prangte in großen schwarzen Buchstaben sein Name: FRED. In diese Griffelkästchen passten aber auch viele andere praktische Dinge, zum Beispiel kleine Frösche oder Stinkbomben. Wenn dann so eine kleine Glasampulle ganz zufällig herunterfiel und zerbrach, war der Unterricht - zumindest bis zur nächsten Stunde - beendet. Allmählich wurden die Anforderungen gesteigert. Da mussten natürlich auch die Streiche angepasst und etwas deftiger werden. Bis jetzt war ja noch nichts Wesentliches passiert. Wie in der Schule kümmerte sich auch zu Hause kaum jemand um Fred.

Deshalb half er eines Tages seinem Schicksal etwas nach… Vor dem Klassenraum, der inzwischen im ersten Stock lag, war ein Vorraum, in dem die Kinder ihre Jacken und Mützen aufhängen konnten. In einem kleinen Waschbecken an der Wand durften sich die Schüler sogar die Hände waschen oder den nassen Schwamm für die Tafel ausquetschen. Da das zugehörige Handtuch schon, wie meistens, pitschenass und schmutzig war, legten es Fred und sein Freund Egon zum Einweichen in das Becken und drehten den Wasserhahn auf. Just in diesem Augenblick rief die Klingel zum Unterricht. Die beiden rannten zu ihrer Bank. Das Wasser war augenblicklich vergessen. Natürlich saßen sie auch nebeneinander. Sie schauten sich an - das Handtuch! Vielleicht hätten sie doch besser den Hahn gleich wieder zugedreht? Bald rutschten sie immer unruhiger hin und her. Das Gewissen plagte. Da machte sich eine große Aufregung breit. Alle liefen zum Fenster. Ein großes Feuerwehrauto bog mit tatütata in den Schulhof ein. Im Schlepptau die Feuerleiter. Was war bloß passiert? Fred und Egon schauten sich an. Ihre Ohren wurden immer heißer. Nachdem alle Schüler über die zweite Treppe das Gebäude geräumt hatten, mussten sie sich im Schulhof in Reihen aufstellen. Der Schuldirektor gab den ungewöhnlichen Anlass bekannt. Das Handwaschbecken im ersten Stock war übergelaufen. Das Wasser war, da der Abfluss durch ein Handtuch verstopft war, übergelaufen. Die steinerne Freitreppe hinuntergluckernd, hatte es inzwischen das Erdgeschoss und den Keller erreicht. Die Haupttreppe war nicht mehr begehbar. Die Suche nach dem üblen ‚Missetäter' erfolge in Kürze. Zur allgemeinen Belustigung der Schüler wuselten eifrige Feuerwehrleute, Putzfrauen und der halbe Lehrkörper mit Wischern, Wassereimern und nassen Putzlumpen wild durcheinander. Nach einer Weile legte sich die Aufregung. Die Stimmung der untätig herumstehenden Schüler schlug um. Die unverhofft geschenkte Unterrichtsunterbrechung wäre zwar ein Grund zur Freude und Begeisterung gewesen. Aber nur Herumstehen langweilte. Endlich begann die unvermeidliche obligatorische Suche nach dem Übeltäter. Wie üblich hatte keiner etwas beobachtet. Das Ende vom Lied: Alle Schüler wurden für den Rest des Tages nach Hause geschickt, weil das ganze Treppenhaus (endlich einmal) gereinigt werden musste. Das hatte vorläufig wirklich gut geklappt!

Aber es kam, wie es kommen musste. Am nächsten Tag wurde Fred bei Schulbeginn gleich nach vorne an das Lehrerpult zitiert und mit diesem Vorgang konfrontiert. Angeblich hätte ihn jemand erkannt. Fred war sich sicher, bei der Tat niemanden gesehen zu haben! Doch oft funktioniert der berühmte ‚Schuss ins Blaue'. Da rächte sich, dass er schon des Öfteren an Streichen beteiligt gewesen war. Da stellte sich Egon Fred zur Seite. Er hatte nicht die Nerven, das durchzustehen. Und als Freund konnte er Fred ja nicht alleine leiden lassen. - Fred wurde als Erster verhauen. Er zählte die Anzahl der Tatzenschläge nicht mit. So war es leichter zu ertragen, weil ja jeder Schlag der letzte hätte sein können. Seine zarten Handflächen glühten schon. Da er die Schmerzen der Schläge ja von zu Hause gewöhnt war, biss er auf die Zähne und dachte an den „Indianer, der keine Schmerzen kennt". Deshalb weinte er auch nicht. Dafür belohnte ihn die Klasse mit dem Ausdruck „Harter Brocken". Denn keiner wusste, wie es ihm zu Hause erging und dass er deshalb so hart im Nehmen war! Egon hatte, weil er Fred helfen wollte, Glück und wurde nur verwarnt.

Egon und Fred hatten ihren Eltern gegenüber den Vorfall so gut es ging geheim gehalten. Als aber ein paar Tage später der blaue Brief mit der Kostenankündigung für den Feuerwehreinsatz eintrudelte, kamen sie nicht mehr darum herum, den Kochlöffel noch einmal küssen zu müssen.

Im Unglück erkennt man seine Freunde!

Die große Schaukel

Herrlich wenn einem beim Fliegen der Wind um die Nase weht! Doch der Reihe nach. Nach dem großen Krieg waren die meisten Spielplätze völlig zerstört. Da war es nur zu verlockend, im hinteren Hafen einen Ersatzspielplatz zu finden. Der nahe gelegene hintere Hafen, auch Industriehafen genannt, oder zumindest das, was am See davon übrig war, lockte jedenfalls mit zahllosen Abenteuern. Der direkte Weg zum See war durch einen längeren Doppelgleisanschluss vom Hafenbahnhof her versperrt. Unmittelbar neben der Trajekt-Verladung nach Romanshorn versteckte sich noch ein weiteres kleines Hafenbecken. Dort stand ein riesiger Verladekran einer Kiesbaggerfirma. Der nasse, schwere Bodenseekies aus den bauchigen Baggerschiffen wurde hier geradewegs in die offenen Schüttwagen verladen. Wenn gerade keine Eisenbahnwagen da standen, verklappte der riesige Kran mit seinen großen Schaufelschalen den wassertropfenden Kies auf einen großen Sammelhaufen. Sonntags thronte der Kiesberg mitten auf dem Platz. Die Kranschaufel ruhte während der Arbeitsruhe dann auf dessen Spitze.

Da war der gute Sonntagsanzug schnell vergessen. Mit zwei, drei rohen Stützbohlen vom Bauhof nebenan gelang es leicht, den Berg aus Bodenseegeröll zu erklimmen.

Dann konnten Fred und Egon zusammen die rostige Schaufel erklettern und wie schwerelos unter einem endlos blauen Himmel schaukeln. Wenn dann noch die Glocken der Canisiuskirche ihre Schäfchen zur Hl. Messe riefen, war das Glück der Buben, die Messe zu schwänzen, mit den zwar schmutzigen Händen förmlich greifbar. Außerdem waren sie beim Schaukeln dem Himmel näher als beim Knieen in einer Kirchenbank. Höllisch aufpassen musste man nur noch auf diverse Schmierstellen an den Gelenken der Baggerschaufel. Sonst hatte man hinterher so fettige schwarze Markierungen wie ein Indianer in der Fastnacht. Am gefährlichsten aber war der Ausstieg. Die einzige Möglichkeit war abzuspringen. Dann rutschte man, völlig ohne Kontrollmöglichkeit den nassen Kiesberg hinunter. Zudem musste man, weil man die Schaukel ja nicht anhalten konnte, beim Herausklettern ganz arg aufpassen, dass man den Kiesberg nicht verfehlte. Das tolle Herunterrutschen auf dem nassen Rollkies zeichnete dann ebenfalls interessante Streifen auf die Hosen! Aber der Spaß war den zu erwartenden anschließenden Ärger wert. Die Sonntagskleider waren nun zwar auch schmutzig, aber mit viel Seife wurden beide wieder sauber!

Schmutz vergeht, Erinnerung besteht.

Schwimmen (?) lernen

Im kleineren hinteren Hafenbecken schwammen immer zwei große längliche angebundene Blechpontons. Jeweils zwei zusammengebunden, circa vier Meter lang und jedes circa einen Meter dick. Sie sahen ähnlich wie großes Boot aus, nur mit ovalem Durchmesser. Die Hafenarbeiter nutzten sie frei darauf stehend für Außen-Reparaturen an den Kiesschuten. Rund ums halbe Hafenbecken ruhte ein durchgehender Brettersteg auf dicken Holzpfählen im Wasser. Die in die Dalben eingeschlagenen Eisenklammern waren rostig, aber verlockten doch zum Klettern. und Fred nutzte diese geschickt, um über ‚seine' Behelfsleiter zu den Pontons hinunterzukommen. Er knotete einen der beiden los. Egon warf ihm noch ein kurzes Stück Latte zu. Platsch - es spritzte und Fred war nass. Dafür hatte er jetzt eine Art Paddel und konnte damit den Ponton auf die andere, flachere Seite des Hafenbeckens steuern. Dort wartete Egon schon ungeduldig und kletterte auch auf den Ponton. Es schaukelte enorm. Egon hielt sich an einem der angeschweißten Eisenringe fest. Es kippelte immer mehr. Dann begann sich das rostige und rutschige „Behelfsboot" langsam zu drehen. Egon sprang schnell zum Ufer hin ab. Durch den Absprung angetrieben - actio=reactio - schoss der Ponton pfeilgerade in Richtung Hafenmitte. Fred versuchte, sich noch fester anzu- klammern, rutschte aber dennoch ins Wasser. Zu dumm, dass er losgelassen hatte und noch nicht schwimmen konnte. Er war diesbezüglich auch kein Naturtalent und begann in wilder Panik um sich zu schlagen. Ein Spaziergänger hatte das ganze missglückte „Manöver" beobachtet. Er griff sich beherzt einen der langen Bootshaken, die zwischen den Dalben eingehakt waren. Damit kriegte er den, inzwischen bewegungslos im kalten Wasser treibenden, kleinen Fred am Lederhosenbund zu fassen. Er hievte das nasse, tropfende Bündel auf den Brettersteg hoch. Egon kam angelaufen und rannte aufgeregt auch gleich die einhundertundfünfzig Meter weiter zu Freds Wohnung. Der Retter hatte Fred inzwischen auf den Bauch gedreht und den halblebendigen Körper mit den Füßen nach oben leer laufen lassen. Als der Kopf kein Wasser mehr spuckte, begann er mit der Wiederbelebung. Fred, dem Tod gerade nochmal von der Schippe gesprungen, japste auch bald wieder nach Luft. Inzwischen war seine Mama angelaufen gekommen und war doch froh, dass der Lausbub noch lebte. Kaum zu Hause, wurde Fred, diesmal ohne Schläge, wider Erwarten in eine Zinkwanne mit heißem Wasser gesetzt. Üblicherweise diente diese Wanne in der Metzgerei darunter zum Schweineschlachten, wurde aber auch ausnahmsweise samstags - ganz praktisch - als Wochenend-Familienbadewanne genutzt. Zu guter Letzt gab es noch - total ungewöhnlich - einen Becher heiße Milch mit Honig, vorbeugend gegen eventuelle Erkältung.

Das Beste vom ganzen Unglück kam aber noch: Am folgenden Sonntag schleppte Papa den mageren Fred zum Negerbad in Fischbach. Endlich Schwimmen lernen! Der erste Schwimm-unterricht gestaltete sich ungefähr so: Papa warf Fred weit hinaus ins Wasser. Dann vernahm Fred seine Stimme: „Entweder du schwimmst jetzt oder du bleibst im Wasser, bis deine Zehennägel rosten!"- Das war didaktisch zwar nicht sehr klug, aber immerhin wirkte diese „Anleitung" und Fred lernte, sich über Wasser zu halten!

Milde erreicht oft mehr als Heftigkeit!

Der Vater

„Horch, was kommt von draußen rein, es wird doch nicht der Papa sein?" Fred hatte außerordentlichen Respekt vor seinem Vater. Wobei die Grenze zwischen Respekt und Angst sich sehr fließend anfühlte. Also im Zweifelsfall lieber erst einmal schnell verstecken.

Sein Vater war ja eigentlich Flugzeugkonstrukteur und hatte bei Dornier gearbeitet. Während des Krieges wurde Dornier ausgebombt und der Vater als Pilot irgendwo über Frankreich abgeschossen. Da galt er lange als vermisst. Wie er später erzählte, versteckte er sich im Untergrund und lernte, sich als Koch und Metzger durchzufressen. Neunzehnhundertvierundvierzig tauchte er wieder auf und half, selbst ausgebombt in der Margaretenstraße, als Metzger bei der Ernährungsversorgung der Friedrichshafener Bevölkerung. Seine Familie wohnte zu der Zeit über der Metzgerei in der Kleinebergstrasse.

Neunzehnhundertachtundvierzig, kurz nach der Währungsreform, wollte Freds Vater nicht länger als Hilfs-Metzger arbeiten. Nach dem Ende des Krieges hatte sich Erwin, so hieß der Vater, mit Hilfe des CHRISTIANI-Fernstudiums zum Ingenieurberuf weitergebildet. Er fand nach kurzer Suche eine neu ausgeschriebene Arbeitsstelle als REFA-Ingenieur (REFA=Reichsstudien für Arbeitszeit). Die neue Stelle bei der Traktorenfabrik Fendt lockte ihn ins Allgäu. Er bekam die Selle und gleich noch eine Firmenwohnung dazu. Also zog die ganze Familie nach Marktoberdorf. Weg von der Metzgerei in der Kleinebergstraße, wo es oft so erbärmlich stank. Fred hätte es in Friedrichshafen trotzdem besser gefallen. Für ihn barg die Metzgerei auch einen großen Vorteil: Da fiel für Fred öfter ein Extrawürstchen ab. Ein Pärchen Saitlinge, noch halb warm, für ihn damals das halbe Paradies!

Aber in Marktoberdorf war sein Paradies endgültig zu Ende. Vieles war schlimmer geworden. Ein längerer Schulweg, keine besten Freunde und zusätzliche Mithilfe im Haushalt. Vaters neue Arbeit, höhere berufliche Anforderungen und weniger Freizeit verursachten weiteren Stress. Das ging Fred zwar nichts an, aber es wirkte sich auf die Laune seines Papas aus. Und das kriegte Fred hautnah zu spüren! Es folgte fast jeden Freitagabend die gleiche Prozedur: Egal ob Fred in der Schule oder zu Hause etwas angestellt hatte, wenn Papa nach Hause kam, gab es Dresche. Dafür fand sich auch immer ein Grund. Gott sei Dank kam er nicht so oft heim. Wenn Papa nach der Arbeit nach Hause kam, hatte er nämlich oft schlechte Laune. Dann zeigte er oft heftig, wer der „Chef im Hause" war. Erwin trainierte in seiner sportlichen Freizeit als Boxer und Fechter. Bei seiner vielen Arbeit war seine

Freizeit sowieso sehr begrenzt. Und dann übte er seinen Sport auch noch in vielen Variationen aus. Oft nahm er sogar an Wettkämpfen teil. Fred interessierte sich weder für die verschiedenen Anforderungen des Sports noch für die Spielarten einer Freizeitgestaltung als Flucht vor Familie und Verantwortung. Als Kind bewunderte Fred seinen Vater oft, einfach, weil er stark und clever war und sehr schnell reagierte. Auch gefiel ihm gut, dass sein Vater ein „Gewinnertyp" war.

Manchmal gab sich der Vater sogar Mühe mit Fred zu spielen. Bei diesem Spiel ging es nur um Schnelligkeit. Da konnte er Freds Reaktionszeit trainieren! Er drückt mit einem Finger ein 30 Zentimeter langes Lineal mit dem oberen Ende gegen die Wand. Fred sollte seinen Daumen mit circa einem Zentimeter Abstand vor das unteren Ende halten. Ließ Papa oben los, musste Fred durch schnelles Drücken versuchen, das kurze Lineal am Durchrutschen zu hindern. Wenn er das Lineal noch erwischte und festhalten konnte, hatte Fred gewonnen. Je nach dem, wie viele Zentimeter des Lineals durchgerutscht war konnte man sogar ablesen, wie schnell der zweite war. Fred verlor regelmäßig! Statt sich am gemeinsamen Spiel mit seinem Sohn zu erfreuen, nutzte er sogar dieses einfache „Spiel", um seine Überlegenheit immer wieder zu demonstrieren....

Hatte Papa schlechte Laune, - das spürte Fred schon an der Art der Begrüßung der Mutter - war sich zu verstecken eine schon oft geübte und lebenswichtige Zeremonie. Aldem gefürchteten Donnerwetter möglichst wirkungsvoll entgehen? Fred suchte sich zielgerichtet ein gutes Plätzchen, wo ihn Papa nicht so schnell finden konnte. In der vagen Hoffnung, dass Papa mit dem Ablauf der Zeit etwas „abkühlen würde"! Vorsorglich zog Fred dann noch einen dicken Pullover an. Empfehlenswert, sagte ihm seine ‚Erfahrung', war sozusagen als Polster auch eine dicke Cordhose. Sein Papa fand ihn regelmäßig eingezwängt in seinem Kleiderschrank. Fred schwitzte und zitterte gleichzeitig. Dann fühlte er sich mit ungeheurer Wucht am Hosenbund gepackt, hochgehoben und vom wutschnaubenden Vater quer durchs Wohnzimmer geworfen. Das angstzitternde Kinderbündel prallte an die Wand über dem Sofa. Dort rutschte die Handvoll „Menschlein" hinunter, purzelte noch übers Sofa und blieb bewegungslos liegen. Fred betrachtete still seine bunten Bauklötzchen, die dort noch vom Nachmittag lagen. „So schön bunt!" schoss es ihm durch den Kopf. An die reale Situation konnte und wollte er nicht denken. Sonst tat ihm alles bloß noch mehr weh; er hatte gut gelernt, die Schläge einfach zu ignorieren und auszublenden. Nicht nur das, manchmal streckte er Papa sogar noch die Zunge heraus. Dann wurde Erwin so wütend, dass es sogar der ‚neuen' Mama zuviel wurde. Beim ersten „Rumpeln" kam sie eilig angelaufen und bremste mit viel Mühe den Vater. Papa verließ danach meist wütend das Zimmer und Fred spürte auf diese Weise so eine Art Fürsorge. Schon dafür lohnte es sich, das alles auszuhalten. Was hätte der achtjährige Fred auch sonst tun können? Weglaufen ging nicht. Wohin? Er wäre schon gern nach München zu seiner ersten Mama gelaufen. Er vermutete jedenfalls, dass die Frau, an die er sich noch vage erinnern konnte, seine Mama war. Sie hatte ihm einmal von der schwierigen Nachkriegszeit erzählt und dass er während dieser Zeit bei ihr gelebt habe. Da hätte sie wie eine Mama für ihn gesorgt.... Aber München war weit weg und wie fand man den Weg dorthin? Außerdem war ja seit vier Jahren die neue Mama da; er musste sich einfach an sie gewöhnen; wenn er gefügig war, schimpfte sie wenigstens nicht. Aber wofür dann auch noch brav sein? Er fand einfach keinen plausiblen Ausweg aus dem Dilemma solcher Rituale....

Strenge Herren regieren nicht lange!

Markt-Oberdorf

Fred vermisste seinen geliebten Bodensee. Schließlich aber musste sich die Familie fügen. Mehr Geld für die neue Arbeit: Das gab schließlich den Ausschlag für den Umzug ins Allgäu.

Da startete Freds Familie nun einen Neuanfang. Sie bestand nun aus der Mama, aus dem noch kleinen Schwesterchen Heike und drittens aus dem jetzt 7-jährigen Fred, der in den Augen seiner Eltern eigentlich immer nur für Ärger sorgte. Und natürlich nicht zu vergessen: Freds Papa Erwin, der für die notwendige Lebensgrundlage sorgte. Die Mama wäre natürlich viel lieber nach Heidelberg gezogen. Das hätte sie aber ohnehin gar nicht gekonnt. Ihr Haus befand sich in Neuenheim, einem Teil der romantischen Stadt am Neckar genau gegenüber dem Schloss, und war immer noch von amerikanischen Offizieren besetzt. Dafür wohnte die ganze Familie jetzt in einem komfortablen Firmenhäuschen. Situiert in der Mitte einer Dreierreihe von gleichartigen Häuschen am östlichen Ortsrand des ehemaligen Allgäuer „Marktes" Oberdorf.

Vor dem Haus endlos grüne Wiesen mit glockenläutenden Kühen. Weit und breit kein Geruch nach Metzgerei! Statt dessen roch es hier überall und deutlich nach Allgäu. Der große Bauernhof, der sich keine zweihundert Meter entfernt in eine der weitläufigen Wiesen vor dem Bahndamm duckte, hatte seinen unverwechselbaren Landwirtschaftsduft. Unmittelbar daran angrenzend lag das - damals noch relativ kleine Familien-unternehmen der Gebrüder Fendt. Deren Produktionsgebäude dehnte sich Richtung Nordwesten mit viel Raumreserve aus. Neben der Markt-Brauerei war die aufstrebende Schlepperfabrik der Hauptarbeitgeber im Ort. Da war auch der Arbeitsplatz von Freds Vater.

Drei deutliche Höhen prägten das Gesicht vom Markt Oberdorf. Der Schloßberg, die Sonnhalde und der Bichel. Auf letzterem versteckte sich in einem kleinen Mischwald das Sportstadion. Auf dem Schloßberg thronten, wer hätte es gedacht, die Überreste eines ehemaligen Schlosses. Inzwischen war die gesamte Anlage in ein Kloster umgewandelt worden. Das einzige Prunkstück, das übriggeblieben war, war die Kirche St. Martin mit einem sehr schöne Zwiebelturm. Die umgebende Natur war gespickt mit einzeln liegenden Landwirtschaftsbetrieben, die hauptsächlich Milchkuhhaltung betrieben. Das schien auf den ersten Blick sehr idyllisch zu sein. Aber für achtjährige Jungs gab es auch auf dem zweiten Blick nicht so viel geschickte Spielmöglichkeiten wie am Bodensee. Man musste sich schon genauer umschauen. Das einzige Wasser weit und breit war die Wertach. Sie floss noch, ab und zu von Weiden flankiert relativ schmächtig aber naturbelassenen zwischen den, von früheren Gletschern übrig gebliebenen Endmoränen, durch Thalhofen an Marktoberdorf vorbei. Hier, stellenweise noch ungestüm und jugendlich pflügte sich die Wertach durch, mit Fichtenwäldchen bestandene und mit Kuhfladen übersäte Auen. Hier begegnete Fred auf seinen fast täglichen Ausflügen Richtung Wertach auch Erika. Der Hof, in dem das etwa gleichaltrige Mädchen lebte, lag ziemlich genau zwischen Marktoberdorf und Thalhofen just am Weg zum Bach. Das einfache Bauernmädchen hatte Fred aus, für ihn unerfindlichen Gründen ins Herz geschlossen. Sein Freund Werner, der ihn immer und überall begleitete, gehörte vielleicht gerade wegen seiner dünnen Kinderlähmungsarme nicht in ihr Beuteschema. Sei's drum. Werner konnte eh keine Mädchen leiden. Fred machte sich keine großen Gedanken. Erika fand er prickelnd. Oft kam sie gleich mit und dann stürzte sich das Trio, soweit es Schule und das Entkommen vom häuslichen „Gefängnis" zuließen, in immer neue Abenteuer in der Umgebung oder am Bach. Im Stall wo sie zu Hause war, auf dem Heuboden oder entlang der Wertach gab es tausend Möglichkeiten. Eines Abends, Fred und Werner waren wegen einer geschwänzten Schulfeier länger draußen geblieben, streunten beide Richtung Wertach. Den Bach im Dunkeln zu erleben war einfach etwas Besonderes. Als sie an Erikas

Hof vorbeikamen, wartete die schon (ganz zufällig?) am Zaun. Sie roch ein bisschen nach Bier und angelte ziemlich hastig nach Fred. Unvermittelt begann sie zu knutschen. Werner wollte seinem Freund schon zu Hilfe kommen. Knackss - da brach das Zaunbrett, an dem die beiden heftig turtelnd lehnten und Erika fiel hintenüber genau in einen Kuhfladen. Fred fiel glücklicherweise auf sie. Werner schüttelte sich vor Lachen. Das sah aber auch zu komisch aus, wie Fred sich an ihrem Busen festhielt, um nicht in den Kuhfladen zu rutschen. Nachdem Werner wieder zu Atem gekommen war, half er seinem Freund, von Erika abzusteigen. Da das anhängliche Mädchen nun sehr intensiv duftete, verzichteten die beiden für diesen Abend auf weitere ‚Aben(d)teuer' und verdufteten ebenfalls. Schnell wieder zur Schule zurück. Gerade noch rechtzeitig, da die Schulfeier gerade zu Ende gegangen war und sie, weil es schon spät war, ausnahmsweise abgeholt wurden!

Schade um guten Wein in schlechtem Fasse!

Der Butter brennt

Es gibt so Tage, da geht alles schief. So wie heute: Papa war schon zur Arbeit. Das an sich wäre ja gut gewesen, aber es pressierte Fred wieder mal zur Schule. Die Uhrzeiger standen schon auf halb acht. Schnell noch Zähne putzen und bloß nicht zu viel waschen. Wer weiß, ob das am Ende nicht doch schadete. Damals gab es noch kaum warmes Wasser. Höchstens samstags, wenn alle Familienmitglieder nacheinander in den großen, ovalen Holzzuber stiegen. Wer warmes Wasser brauchte, schöpfte es aus dem Schiffchen im Küchenherd. Oder man angelte ein paar der Eisenringe aus dem Küchenherd und zentrierte auf dem entstandenen Loch den großen Kupferkessel.

Nach der Katzenwäsche noch schnell den Frühstückstisch decken. Fred half gern beim Tischdecken. So konnte er leichter die Sachen, die er mochte, aus der Speisekammer auf den Tisch schmuggeln. Heike, sein Schwesterchen und das Nesthäkchen, war zwar noch klein, aber sie drückte sich auch gerne vor dem Helfen. Trotzdem bekam sie immer, was sie wollte! Das war äußerst ungerecht! Mama hatte den Küchenofen schon angeheizt und ging die Betten richten. Das Wasser im Schiffchen begann zu rauchen. Schnell noch das Besteck aus der Schublade im

Küchentisch hebeln. Der Butter fehlt noch. Der lagerte in der Speisekammer und war bockelhart.

Butter brachte Fred immer am Vortag nach der Schule vom Bauernhof gleich nebenan mit. Dann zu Hause die zerbeulte Milchkanne holen und nochmal zum Bauernhof. Auf dem Weg wurde Fred ganz oft von Werner begleitet. Werner, sein Freund vom ersten Nachbarhaus, spielte mit Fred gern Kannenschleudern. Mit Werner machte alles Spaß. Sie verstanden sich prächtig. Auch beim Kannenschleudern. Wenn man die mit Milch gefüllte Kanne am ausgestreckten Arm schnell genug rotieren ließ, lief die Milch nicht heraus. Das war hinreichend bekannt. Aber die beiden wollten die Physik überlisten und den Ablauf verlangsamen: Der, der am langsamsten rotieren konnte, musste dann schon mal zurücklaufen, um nochmal Milch nachgießen zu lassen. Und wenn sie dann nicht mehr zahlen konnten, mussten sie die Zuschlagmilch auf dem Hof abarbeiten. z.B. Kuhstall misten oder Heu vom Boden in den Stall bringen. Zu zweit machte auch das Spaß. Das ist aber eine andere Geschichte.

Also, die Butter aus der kühlen Speisekammer holen. In unserer Speisekammer direkt neben der Küche, gab es noch einen Eisschrank mit echtem Eis! Das musste meistens Fred als Block bei der nahegelegenen Brauerei holen. Anschließend wurde der Block mit einem Beil zerkleinert und in den (Kühl-)Schrank gefüllt. Der war innen mit Blech verkleidet. So hielt er den ganzen Tag kalt.

Früher wurde der frische Butterklumpen (das war im Allgäu so üblich!) in Pergamentpapier eingewickelt und war natürlich im Eisschrank festgefroren. Fred dachte sich: „Diesmal mach' ich der Mama eine Freude und tau' den harten Butter einfach auf." Gedacht, getan. Fred wickelte den Butter halb aus und hielt das offene Päckchen an den Papierecken fest. Er näherte sich den heißen Eisenringen des Herdes. Je dichter er der Herdplatte kam, desto wärmer wurde es auch. Der Butter wurde am äußersten Rand schon weich. Der erste Buttertropfen fiel und eine Stichflammen schoss hoch. Vor lauter Schreck ließ Fred das Butterpapier los. Das halbe Pfund rutschte und landete auf der heißen Herdplatte. Nun brannte plötzlich der ganze Herd! Fred schrie aus Leibeskräften: „Feuer, Feuer, Feuer! Es brennt!" Mama eilte herbei. Die Flammen züngelten schon hoch zu den Geschirrtüchern, die zum Trocknen über dem Herd hingen. Die entzündeten sich und die Fetzen fielen brennend herab. Mama nahm die schöne, braune Wolldecke, die immer zusammengerollt auf der Küchenbank lag und deckte damit den ganzen Herd zu. Das Feuer im Herd löschte sie, indem sie aus dem Schiffchen heißes Wasser, von vorne, in die Glut spritzte. Fred wunderte sich noch: „Kann man auch mit heißem Wasser Feuer löschen?"

Die Wolldecke auf dem Herd fing an zu kokeln und qualmen. Es stank gottserbärmlich. Und Freds Mama hatte nun nichts Besseres zu tun, als sich den großen Kochlöffel zu schnappen; Das Weihnachtsgeschenk vom Christkind. Fred war zu Weih-nachten noch so stolz auf sein praktisches Geschenk. Statt aufzuräumen prügelte sie nun ausgerechnet damit auf Fred ein bis das Holz zersplitterte. Insgeheim freute ihn das sogar ein bisschen: Jetzt, wo der Kochlöffel kaputt war, konnte es auch keine weiteren Schläge mehr geben!

Fred schnappte eilig seinen Ranzen und flüchtete zur Schule. Der Verlust des Frühstücks war zu verschmerzen. Aber was würde passieren, wenn sein Papa heute Abend wieder nach Hause kam?

Verletzen ist leichter als heilen!

Die Kupferzwiebel

Worüber sich Fred oft wunderte: Papa konnte manchmal auch ganz friedlich sein. Vielleicht war es wie bei ihm selbst: Wenn sich Fred zufrieden fühlte, war er auch lieb.

Normalerweise ging sein Papa jeden Tag morgens um sieben Uhr zum Fendt arbeiten. Was er dort machte, wusste Fred nicht so genau. Jedenfalls hatte er mal mitbekommen, dass Papa Maschinenbau studiert hatte und nun als REFA-Ingenieur arbeitete. Was immer das auch war, es ging wie sein Vater ihm ein Mal erklärt hatte, darum, festzuhalten wie lange ein Arbeiter für eine Tätigkeit brauchte. Diese Durchschnittszeit mussten dann alle erbringen. Die Einführung der Akkordarbeit kam aber bei seinen Kollegen gar nicht gut an. Deshalb hatte er oft Ärger und den gab er regelmäßig weiter. Sein Umgang mit der Familie war dann entsprechend. Fred war das im Prinzip egal. Ingenieur bedeutete ihm noch nicht viel. Er wäre viel lieber Polizist geworden. Oder Eisenbahner, so wie zwei seiner Onkels. Das versprach Abwechslung und Abenteuer. Mit einer Lokomotive den ganzen Tag durch's Land zu kutschieren, das würde ihm gut gefallen. Aber wie so oft, stellte sich auch hier später heraus, dass die Wirklichkeit nicht dem Anschein entsprach! Jedenfalls hatte sein Papa ziemlich viel schlechte Laune.

Meistens kam er so spät nach Hause, dass die Kinder schon schliefen. Seltsam war nur: Je später er nach Hause kam, desto besser war seine Laune. Das schien an seinen vielseitigen sportlichen Leidenschaften zu liegen. Fred hörte vieles aus den Gesprächen der „Großen". Sein Papa schien ein Tausendsassa zu sein! Wo Papa auch immer war, entstand bald gute Stimmung. Beim Degenfechten, Boxen oder auch beim Musikmachen. Oft war er auch mit seiner Geige irgendwo auswärts. Da unterhielt er fremde Leute gegen Bezahlung. Die waren oft so begeistert, dass sie ihn dann auch mal umarmten. Da kam es schon mal vor, dass roter Lippenstift am Hemd leuchtete. Und wenn er dann wieder gut gelaunt nach Hause kam, schien Mama gar nicht so begeistert zu sein. Fred verdrückte sich dann immer ziemlich schnell, bevor das Donnerwetter losging. Sein Papa sorgte halt in jeder Beziehung immer für Abwechslung.

Sonntags vergaß Papa oft, in die Kirche zu gehen. Dann saß er an der Staffelei und malte große Ölbilder auf eine vorgespannte Leinwand. Und wenn es Bilder zum Verschenken waren, malte er oft auch ‚nur' auf Faserpappe. Das war billiger. Ab und zu übte er auch auf seiner Geige. Fred fand das super. Das würde er auch gerne können. Dafür bewunderte er seinen Papa! Aber eine „Viertelgeige" für Freds Größe sei zu teuer. Das war sehr schade! So sammelte Fred halt nur Briefmarken und manchmal auch Bilder zum Thema Flugzeuge, Raketen und Weltraum. Diese klebte er dann, zusammen mit zum Thema passenden Zeitungsinseraten, sorgfältig auf weiße Blankoblätter, die Papa vom Geschäft mitbrachte. Zwischen den Zeitungsfotos fügte Fred noch handschriftlich technische Anmerkungen ein. Alles zusammen heftete er dann, Blatt für Blatt in einen Büroordner. Schon hatte er ein persönliches Weltraumlexikon. Darauf war Fred ganz besonders stolz. Er hatte ja sonst nichts Eigenes und auch keinen persönlichen Platz.

Jeden Sonntag musste er mit seiner Schwester Heike in die Kirche gehen. Das war Mama ganz wichtig. Es weckte sogar ihren Stolz, denn sie sagte dann immer: „Damit die Nachbarn sehen, was meine Kinder für schöne Kleider haben!" Papa ging nur sehr selten mit in die Heilige Messe. Er brauche das nicht mehr, denn er hätte sein „Kirchen-Soll" schon erfüllt. Er erzählte einmal: „Die mächtige zwiebelförmige Kuppel aus Kupferblech, die auf dem Kirchturm thront, habe ich gebaut. Damals war ich noch Spenglerlehrling in Aitrang. Das war nämlich meine Gesellenarbeit, die ich anlässlich der Erneuerung dieser Kuppel im Jahr 1927 aus reinem Kupferblech angefertigt habe!" Immer wenn Fred später diese Kuppel sah, erinnerte er sich sehr stolz an seinen Vater.

Mancher Leute Leistung sieht man weit!

Der Cowboy ohne Colt

Anno 1949 hieß die Grundschule Markt Oberdorf noch Volksschule! Und geschrieben wurde von den Schülern nicht mehr auf Schiefertafeln, sondern mit Federn in hölzernen Federhaltern auf Papier. Die Tinte, die aus kleinen Glasfläschchen getunkt wurde, verursachte häufig blaue Verzierungen nicht nur an den Fingern, sondern auch in linierten und karierten Heften. Die Grundschüler aus der damaligen Zeit hatten immer Abwechslung. z.B. erfreute sich der Tafeldienst - wegen der tropfenden Schwämme - regelmäßig auch nasser Unterarme und Ärmel. Freds drittes Schuljahr hatte begonnen.

Zu den seltenen großen Ereignissen zählten die Schulfeiern. Im Februar 1950 sollte ein Maskenball für alle Schüler steigen! Ein großformatiges buntes Plakat an der Schultür versprach das erste große Fastnachtsfest seit vielen Jahren. Natürlich waren alle Mitschüler schon ziemlich aufgeregt und diskutierten eifrig, wer sich wie verkleiden wollte. Der Schulalltag war seit dieser Ankündigung von Vorfreude und Vorbereitungen durchdrungen. Jeder sollte sich etwas ausdenken. Im Unterricht wurden immer wieder wechselnde Möglichkeiten für die Kinder besprochen. Die schönsten und originellsten Kostüme sollten auch prämiiert werden. Ein großer Auftritt auf der

Bühne der Aula mit Kostümschau. Es war fast so aufregend wie bei der Zeugnisausgabe. Die Vorfreude der Kinder ließ förmlich die Luft erzittern.

Fred wünschte sich von ganzem Herzen, ein Cowboy zu sein. Was das wirklich bedeutete, war ihm nicht so wichtig - er kannte ja keinen echten Westernhelden. So etwas konnte man höchstens im Kino erleben. Aber so ähnlich wie die Trapper bei Winnetou vom Karl May konnte er sich die Figur schon vorstellen. Für Fred bedeutete so ein Auftritt die Realisierung von Stärke und Freiheit. Und wenn je alles schief gehen sollte, hatte er ja dann immer noch einen Revolver, der einfach dazu gehörte. Da waren so rote Röllchen drin. Mit denen konnte man richtig schießen. Zumindest fühlte es sich so an, wenn es knallte! Und später, wenn der Colt je wieder abgeliefert werden musste, hatte man ja immer noch die Röllchen. Wenn man dann mit einem passenden Stein geschickt auf die kleinen dunklen Punkte klopfte, dann knallte das herrlich. Manchmal spritzten sogar die Funken umher. Das war richtig spannend! Und…und..und.

Anlässlich der Festbesprechung zu Hause wurden Freds Träume leider alle abrupt begraben. Seine Ersatz-Mama bestimmte: Fred sollte, ganz ohne Berücksichtigung seiner Wünsche, ein Ritter werden. Sie fragte ihn nicht einmal, ob er das auch wollte. Es war beschlossen …

Bald danach erfolgte die „Anprobe". Eine alte braune Cordhose, (die tut's noch!) und ein rötlich kariertes Hemd. Dazu die alte Lederweste von Papa, die ihrer Größe wegen, eher wie ein Ledermantel wirkte. Auf Freds Kopf rutschte Papas antiquierte Motorradlederkappe bis auf die Ohren. Das sollte der ultimative lederne Ritterhelm sein. Da fehlte jetzt nur noch ein Schwert. Fred hatte sich schon früher, zum Räuber und Gendarmspiel, aus einem halben Brettchen, Weißleim und einer dünnen Paketschnur ein Kurzschwert gebastelt. Das war von seiner kritischen Mama unter strenger Ermahnung - gerade noch so - akzeptiert worden.

Fred stiegen Tränen in die Augen. Aber er wusste genau, Protest würde nichts nützen. In seiner Verzweiflung pilgerte er mit seinem Freund Werner nochmals zu Fenebergs Kaufladen. Da waren all die schönen Fastnachtszutaten ausgestellt. Zwei Mark vierzig für einen Colt. Das war unerschwinglich. Aber wenigstens ein kleines Röllchen Knallplättchen? Die lagen verlockend in einer Glasschale auf dem Tresen. Werner ging Richtung Ladentür. „Komm schon, das können wir uns eh nicht leisten."

Die kleinen roten Röllchen sprangen Fred schier an. Herr Schönböck passte aber auf wie ein Luchs. Um ihn wegzulocken fragte Fred listig: „Was kostet denn das braune Kinder-Cowboykostüm, das da hinten am Kleiderständer hängt?" Herr Schönböck eilte in den hinteren Ladenteil, um nachzusehen. Das war der richtige Moment. Fred musste sich ganz schön strecken, um an die kleinen Röllchen zu kommen. Er erwischte zwei und ließ sie in die rechte Hosentasche plumpsen. Herr Schönböck drehte sich um: „Zweiundzwanzig Mark. Hast Du denn überhaupt so viel Taschengeld?" Fred wurde ganz heiß. „Nein, noch nicht. Erst nächste Woche! Da krieg' ich noch was! Da frag' ich dann nochmal!"....Fred flitzte aus dem Laden. Hoch erhobenen Hauptes, aber mit glühenden Ohren. Kaum draußen, jagte er um die nächste Ecke. Seinen Freund hatte er in seiner überstürzten Hast ganz vergessen. An der Brauerei holte ihn Werner wieder ein. „Du hast's aber plötzlich eilig. Was ist denn los?" Fred wurde noch heißer. Die Sonne brannte. Die ganze Straße schien zu glühen. „Du hast ja einen ganz roten Kopf. Hat Dir Herr Holzer eine Watschn verpasst?" „Nein, nein, Ich hatte nur … vergessen… und deshalb bin ich so gerannt!", stammelte Fred. „Erst übersiehst Du mich und jetzt rennst du auch noch," bemerkte Werner kritisch. „Da ist doch 'was oberfaul. Raus mit der Sprache." Die Röllchen in der Hosentasche wurden immer heißer. Nun konnte er seinen besten Freund nicht mehr hinhalten. Lügen unter Freunden, das ging gar nicht. Er beichtete Werner die ganze unüberlegte Aktion. Dann beschlossen sie gemeinsam, erst einmal etwas Gras über die Sache wachsen zu lassen. Das war ja noch mal halbwegs gut gegangen, überlegte Fred im Nachhinein. Das heißt, er wollte überlegen, aber seine Gedanken überschlugen sich. So was macht doch kein Ritter und auch kein Cowboy! Aber wenn schon keinen Revolver, so konnte er wenigstens die Knallstreifen vorweisen. Dann war seine Ehre bei den Kumpels wieder gerettet! Welche Ehre? Irgendetwas lief gewaltig schief. Er bemerkte es an diesem komischen Gefühl, das er weder einordnen noch ignorieren konnte. Wen könnte er jetzt um Rat fragen? Sein Triumphgefühl nahm immer mehr ab. Fred fühlte sich jetzt wirklich sehr, sehr schlecht.

Wenig später trafen sie sich im „Wäldchen", so hießen die drei Fichten, die an einem winzigen Bächlein ihren Treffpunkt bewachten. Sie wuchsen an der Böschung dieses namenlosen Baches, der sich etwa zweihundert Meter nördlich von Freds Wohnhaus durch die Wiesen schlängelte. Die vier Freunde, Werner, Fred, Heinz aus einem Nachbarhaus in der Nähe und Erika als Verstärkung des weiblichen Geschlechts saßen beim „Pow wow", wie echte Indianer sagen. Erika war eine Ausnahme. Ein bisschen schüchtern, aber mit ihrem Mut durchaus den Jungen ebenbürtig. Der Bach duckte sich in eine flachen Senke, die er im Lauf der Zeit etwa eineinhalb Meter tief gegraben hatte. Diese Deckung war von weitem nicht einsehbar. Und daher war sie bestens als „Hauptquartier" der Viererbande geeignet. Hier schmiedeten sie ihre Pläne, verabredeten sich zu allerlei Unternehmungen oder faulenzten ausgiebig.

Fred hatte vor kurzem eine kleine Schachtel <Eckstein> gefunden. Vier von eigentlich sechs Zigaretten steckten noch in der leicht zerknitterten Schachtel. Rechnerisch ergab das für jeden eine. Damit sie länger vom Rauchvergnügen hatten, beschlossen sie schlau, jeweils nur einen der Glimmstängel nach Indianerart gemeinsam zu rauchen. Angezündet wurde die erste Zigarette stilgerecht mit einem Brennglas. Das war Papas ehemalige Lupe, die Fred in seiner Schreibschublade ‚gefunden' hatte. Wenn die Sonne schien, funktionierte das prima. Fred paffte nur. Er konnte noch gar nicht „richtig" rauchen. Trotzdem war ihm auf einmal noch schlechter als schon vorher. Seine Ohren „brannten" immer noch und die Röllchen in der Hosentasche glühten. Um nicht in Versuchung zu kommen, seine Beute zu präsentieren, verabschiedete sich Fred ungewöhnlich hastig. Seine drei Kumpels waren mit seinem fluchtartigen Abgang gar nicht einverstanden. Denn jetzt musste das Rauchvergnügen mit den restlichen Zigaretten bis zum nächsten Treffen warten. Werner, der eingeweiht war, bot sich besorgt als Begleiter an. Fred eilte voran, rutschte am lehmigen Bachrand aus und fiel rückwärts in das Rinnsal. Der schmale Bach spritze ein bisschen zurück und schien

Freude daran zu haben, Freds kurze Lederhose mit Wasser zu füllen. Durch alle Löcher zwängte sich das Wasser in seine Hose hinein. „Sakrament!" entfuhr es ihm. „So eine heilige Scheiße." Seine Freunde lachten lauthals. Das sah aber auch zu komisch aus, wie ihm im Stehen das Wasser wieder aus der Hose lief. Die Taschen der Lederhose hielten dicht. Es schien, als wolle Fred noch eine Handvoll Wasser mit nach Hause nehmen. Jetzt war guter Rat teuer. Sein Schicksal schien schon mal zu rauchen: Nasse Röllchen waren nicht mehr zu (ge)brauchen.

Fred erfuhr nun mit Empörung, auf Unrecht folgt schon bald Zerstörung!

Opa Aitrang

Als Fred das erste Mal zu den Eltern seines Vaters in Aitrang mitgenommen wurde, traf er seinen Opa auf der Schindelbank sitzend. Ein uralter weißhaariger Mann, der wie der liebe Gott in seiner Werkstatt thronte. Der große Raum beanspruchte das halbe Erdgeschoss des kleinen Häuschens am Mühlbach. Prägend stachen hervor die Hobelbank, die Schindelbank, der Späneofen und eine große Bandsäge. Überall stapelten sich Bretter, Dauben und Eisenringe, eingerahmt von uralten Werkzeugen, die sich - triefend von Spinnennetzen - an den Wänden entlangrankten. Wer sollte da noch den Überblick behalten? Opa allemal. Der schon 94-jährige Küfermeister bewegte sich langsam. Seine von dicken Brauen umrahmten, wässerig aussehenden, aber listigen Augen blinzelten ein wenig in die Tageshelle, die durch die geöffnete Tür in die Werkstatt floss. Opa begrüßte Fred mit einem freundlichen Zwinkern, dabei bewegte sich der riesige, zitternde Schnurrbart. Ein großer krummer Finger seiner rechten Hand forderte Fred auf, näher zu kommen. Der musste sich erst einmal durch das Chaos finden. Umgeben von duftenden Hölzern, Spänen und fertigen Brettchen, ritt Opa auf einem dicken Holzbalken und trat mit seinen Füßen auf ein Querholz darunter. Dadurch verklemmte sich das flache Brettchen auf dem dicken Balken, auf dem er selbst saß. Mit einem Ziehmesser zog er nun Span für Span ab, drehte das nun flacher werdende Holzscheit flugs um und zog mit dem Messer noch einmal über die andere Seite. Noch einmal links und rechts an der Kante entlang- Riitsch - fertig war die Schindel. Das ganze gefühlt noch tausendmal, so kam es zumindest Fred vor. Allmählich sollten die Schindeln für einen kleinen Giebel reichen. Fred mochte und konnte sich den immensen Umfang dieser Arbeit gar nicht vorstellen. Aber er war begeistert, nicht nur vom betörenden Duft der vielen Hölzer. Er durfte nun auch an der großen Hobelbank selbst tätig werden. Ein Scheit, das Opa festgeklemmt hatte, war zu lang. Es musste erst einmal auf Länge abgesägt werden. Das war besonders aufregend! Und Fred gefiel es zusehends, mit Holz zu werkeln!

Nach dem allgemeinen „Kaffeetrinken", was für die Kinder meistens Kakaotrinken bedeutete, zeigte Opa den Kindern seinen alten Stadel hinter dem Haus. Er hatte ihn schon viel früher, als er selbst noch jung war, geschickt in einer Gartenecke platziert. So ungefähr fünfzehn Schritte vom Haus weg. So ersetzte der große Stadel mit zwei Seiten gleichzeitig den Gartenzaun. Zum Bach hin begrenzte - in der Fortsetzung des Stadels - ein hoher Zaun mit senkrechten breiten, sich überlappenden Brettern die Gartenwiese zur Mühlstraße hin. Auf der anderen Seite des Stadels wucherte, in geheimnisvoller Ordnung, ein bunter Bauern- und Gemüsegarten. Der war auch ein Hühnerparadies. Von der Dorfstraße her öffnete ein schön geschmiedetes, aber rostiges Gartentor den Weg zwischen Bauerngarten und Wiese. Der Hauseingang war mit einer schön geschnitzten Tür verschlossen. Rechts davor prangte eine handgeschmiedete Glocke. An der hing unten ein schön gedrehter Griff zum Ziehen. Das Läuten machte den Kindern einen Heidenspaß. Aber Oma gefiel das gar nicht. Sie schimpfte jedesmal, wenn sie zur Tür humpeln musste. Sie war nämlich nicht mehr gut zu Fuß. Gleich rechts neben den drei Sandsteinstufen zur Eingangstür schmiegte sich ein Steintrogbrunnen an die Hauswand. Das Wasser dafür, das irgendwie vom Bach neben dem Haus hergeleitet wurde, sprudelte aus einem Speier in der Hauswand. Das Wasser lief dauernd und verschwand wieder durch ein Loch im Boden des Troges.

Die halb verwitterte, fast schwarze Bretterwand des alten Stadels, die mindestens bis zur Dachrinne des Wohnhauses hoch reichte, war nicht überall geschlossen. Da, wo viel früher über dem Kuhstall Heu und Stroh gestapelt wurden, fehlten einige Bretter. So entstand eine natürliche Belüftung. Dadurch war es drinnen zwar schummrig, man brauchte jedoch keine Fenster. Hier drinnen roch es immer wunderbar nach Holz und Heu, nach Harz und Honig. Ein Duft, den sich Fred ganz tief einprägte.

Auf der Bühne, etwas seitlich versetzt über dem Eingang, gab es fünf Spalten, die quer angeordnet waren. Dort hingen große Holzkästen mit Klappen, die von innen zu öffnen waren. Opa kletterte mühsam die einfache Treppe aus Holzbrettern hinauf und öffnete eine der Klappen. Er blies ein wenig Rauch hinein und plötzlich fing das große Summen an. Aufgeregt schwirrten viele Bienen umher. Fred und Heike wollten schnell flüchten. Opa beruhigte die Kinder und wies sie an, sich einfach ruhig zu verhalten und ja nicht nach den Bienen zu schlagen. Das war sicher leicht für den Opa mit seiner Erfahrung. Der hatte das ja schon länger geübt! Trotzdem war den Kindern der Respekt vor den Bienen in die Augen geschrieben. Und ein bisschen Angst war auch dabei. Nachdem sich jedoch die Aufregung gelegt hatte, kamen sie aus dem Staunen gar nicht mehr heraus. Und das Geheimnis um den guten Duft im Stadel war nun auch gelöst.

Der Bienen Leben ist nur schuften, das Ergebnis ist ein köstlich Duften!

Die Forelle

Die Aitranger Oma hatte einen dünnen Bart. Ähnlich wie bei einer Katze. Sie galt als sehr streng, aber immer gerecht; Opa war im letzten Jahr gestorben. Nun war sie ganz allein mit ihren Hühnern hinter dem Haus. Daher freute sie sich ganz besonders, wenn die „Enkel" zu Besuch kamen. Zu deren größter Freude servierte sie zum Frühstück „Bierbrocken". Das sind zerpflückte Semmeln in aufgewärmtem Bier. Das förderte auch die Fröhlichkeit! Und hinterher waren alle meistens ziemlich lustig. Opas geliebte Bienen im Stadel, die Honigschleuder und die Küferwerkstatt mit ganz vielen Werkzeugen waren noch übrig geblieben. Oma hatte noch nichts verändert und das machte großen Eindruck auf Fred. Auch später liebte er es, mit „Holz und Bienen" zu arbeiten. Nun galt es noch die Höfe in der Umgebung zu erkunden. Aber erst einmal ging's in den Garten, um eine Suppe zu kochen. Das war bei den Kindern ein sehr beliebtes Spiel, weil sie da sogar Feuer machen durften. Zündeln im positiven Sinn.

„Verbrenn' dir bloß nicht die Finger", warnte Fred seine kleine Schwester bei den Kochvorbereitungen. Fred war schon acht und Heike erst sechs. Barfuß versuchten sie, aus einer seltsam in Plastik eingerollten Wurst eine Suppe zu kochen. Auf dem Etikett hatte Fred den Schriftzug

„Erbswurst" entziffert. Ein alter Blechtopf, unter dem ein kleines Feuer aus Holzscheiten loderte, stand auf einem Dreibein im Gras. Oma hatte in ihrer Küche ebenfalls begonnen, das Mittagessen zu kochen. Es sollte Hühnersuppe und Huhn mit Kartoffelsalat geben. Die Kinder spielten jetzt „Eltern" und wetteiferten im Garten mit Oma in der Küche. Sie glaubten fest daran, Oma mit ihrer Erbsensuppe unterstützen zu können. Rundherum auf der Wiese scharrten und gackerten Omas Hühner. Und überall lauerten auch die kleinen Bomben aus Hühnerkacke. Da musste man sehr sorgfältig sein beim Herumturnen. Anderenfalls musste man sich immer wieder, außer der Reihe, am Steinbrunnen vor dem Haus, die schuhlosen Füße waschen.

Oma brauchte jetzt noch die wichtigste Zutat zum Mittagsmahl. Beim ihrem ersten Schritt in den Garten stoben die Vögel wie wild auseinander. Mit einem gezielten, schnellen Griff schnappte sie sich eines der umherflatternden Hühner. Ihre rauen faltigen Hände packten es an den Flügelwurzeln und zwangen das zappelnde Tier auf den, in der Ecke bereit-stehenden, Hackeklotz. Ein kurzer Hieb mit dem Beil und ein Hühnerkopf gehorchte der Schwerkraft. In diesem Moment ließ Oma das Huhn fallen. Das kopflose Tier rannte, wild flatternd, im Zickzack durch den Garten. Plötzlich fiel es einfach um; es zuckte noch ein paarmal und nun war wohl auch sein Körper tot. Heike weinte. Sie war ganz traurig, dass das Huhn nicht mehr so lustig herumhüpfte. Oma tröstete sie mit der Aussicht auf eine ganz tolle Suppe. Dann setzte sie sich mit dem Federbündel und einem Eimer mitten in den Garten und rupfte so lange an dem Huhn herum, bis es ganz nackig war.

Der ganze Vorgang faszinierte Fred so sehr, dass er ganz vergessen hatte, nach ihrer Erbsensuppe zu schauen. Die war schon ein bisschen angebrannt. Aber wenn man ganz vorsichtig umrührte, ohne den Satz aufzuwirbeln, schmeckte sie ganz wunderbar. Wie selbst gekocht! Er brachte den Blechtopf zu Oma in die Küche. Die wird schon retten, was zu retten geht. Da bemerkte Fred noch den alten Küchenherd. Wie der zu Hause. Auch mit so einem Schiffchen zum Wasserwärmen.

Die heiße Hühnersuppe roch köstlich. Nur noch ein paar Schnittlauchröllchen dazu. Perfekt! Vorausschauend hatte Oma, bis die Kartoffeln etwas abgekühlt waren, noch ganz dünne Fadennudeln abgekocht. Fred liebte diese Nüdelchen. Nun noch die Kartoffeln sauber schälen und mit ein wenig Fleischbrühe ansetzen. Schinkenwürfelchen, eine kleingehackte Zwiebel und etwas Salz drunter mischen. Mit Zucker, Essig und zwei Esslöffeln Öl, umrühren, eine Prise Petersilie dazu und fertig war die nächste Köstlichkeit. Zum Nachtisch gab es dann noch Schokopudding. Schwesterchen Heike leckte sich schon die Lippen!

Nach dem großen Fressen musste noch die Oma mit den Eltern ihren Verdauungsspaziergang durchs Kuh-Dorf machen. Wie immer Richtung Friedhof. Als ob die Toten beim Verdauen helfen würden?Die Kinder durften sich dann ausnahmsweise mit der Natur in der Umgebung vertraut machen. Zufällig trafen sie Adolf, den Sohn vom Müller. Der wohnte da, wo der Bach wieder unter der Mühle hervorsprudelte. Hier war er richtig tief. Das Wasser schien hier ganz dunkel und bildete lauter kleine, glucksende Kreisel. Wie wenn hier kleine Wassergeister Fangen spielen würden. Hier durfte man auch nicht baden, weil es so gefährlich war. Fred und Heike war es hier immer so ein bisschen unheimlich. Sie zogen es vor, die unberechenbaren Wassergeister nicht zu stören und wanderten ein kleines Stück bachabwärts. Die angrenzenden Wiesen mit richtig langem, sattgrün leuchtendem Gras waren noch nicht gemäht. Am Ufer entlang hingen die Grasbüschel weit über das Bachufer. Da musste man sich vorsichtig an den Uferrand herantasten, weil man nicht spüren konnte, wie weit der feste Boden reichte. Aber um an die dort gern unter dem überhängenden Gras stehenden Forellen heranzukommen, musste man sich weit vorbeugen. Vorsichtig legte sich Fred bäuchlings ins feuchte Gras. Adolf hatte sich als Gegengewicht auf seine Füße gesetzt. Heike hatte Angst vor den Forellen. Das Jagdfieber der Jungs übertrug sich nicht auf die kleine, zarte, blonde Schönheit. Sie riss inzwischen mit ihren kleinen Händchen leuchtend weiße Margeritensterne ab. Das ging gar nicht so leicht. Aber um Oma mit einem selbst gepflückten Wiesenblumenstrauß zu beglücken, lohnte jede Anstrengung.

Die ersten grünen Flecken zeigten sich an Knien, Hemd und Lederhose. Fred konzentrierte sich, mit dem rechten Arm bis zum Ellenbogen im Wasser, auf eine Berührung an der Hand. Da, eine Forelle. Er packte zu, aber der Fisch flutschte schnell aus seiner Faust. „Die sind aber auch sooo glitschig", entfuhr es Fred. Adolf gab ihm den Tipp, mit den Fingernägeln zu krallen. Fred bemerkte vor lauter Jagdfieber nicht seinen nassen Ärmel und nicht, dass er immer weiter Richtung Bach rutschte. Er war schon bis zur Schulter nass. Endlich wieder eine Berührung. Diesmal krallte Fred blitzschnell seine Fingerchen in den Fisch. Die Forelle hing mit ihren Kiemendeckeln fest. Fred schleuderte sie mit einem Ruck über seinen Kopf Richtung Wiese. Intuitiv hechtete Adolf nach der zappelnden Forelle. „Ich hab' sie!", schrie er und vergaß dabei, dass er ja das Gegengewicht auf Freds Füßen bildete. Aber Fred hörte ihn nicht mehr, denn als Adolf aufgesprungen war, rutschte Fred seines Gegengewichtes beraubt, leise und elegant auf die Augenhöhe der Forellen. Sogleich mühte sich Adolf, Freds Hand halb ausreißend, bis sein Abenteuerkumpel endlich wieder triefnass in der Wiese lag.

Als Fred kurz darauf pitschnass mit einer Forelle in der Lederhosentasche zurückkam, musste sogar die Oma lachen. Es kam ihr trotzdem sehr unwahrscheinlich vor, dass Fred ‚beim Schwimmen' die Forelle gefangen haben wollte. Sie vermutete nämlich, Fred sei heimlich baden gewesen. Letztendlich bekam Oma den zerrupften Strauß Margeriten von Heike und freute sich natürlich sehr darüber. Alle waren froh, dass der Ausflug so glimpflich ausgegangen war. Das Beste aber war: Zum nächsten Mittagessen gab es eine „Forelle blau" mit Pellkartoffeln.

Ohne Köder ist schlecht Fische fangen!

Die Abkürzung

Abends wurden Mama und Heike von Onkel Toni in Aitrang abgeholt. Der brachte sie mit seinem DKW „Meisterklasse", der noch eine echt hölzerne Karosserie hatte, in ihr Haus, das sie in Marktoberdorf bewohnten, zurück. Papa war mit seiner geliebten Norton gekommen. Diesmal ohne Seitenwagen. Für die Rückfahrt hatte Oma Fred zwar ihr altes Fahrrad geliehen, aber zu allem Unglück verdunkelte sich der Himmel rascher, als es ihnen lieb war. Da braute sich zum Tagesende über der Wertach ein echt Allgäuer Gewitter zusammen. Die waren, wenn sie über dem Wertachdreieck entstanden, immer besonders heftig. Nun war guter Rat teuer. Wie bringt man ein 10-jähriges Kind auf einem altem Fahrrad durch den anbrechenden Gewittersturm heile nach Hause? Mit Beeilung! Eilig fuhren sie los. Fred vorweg und Papa folgte mit seiner schweren 1,2-Liter-Maschine. Nach einem knappen Kilometer begann der Wald. Zwischen den Fichten war es noch dunkler als auf dem Feld. Die elektrischen Entladungen blitzten immer wieder in den Wald und ließen die Bäume gespenstisch tanzen. Im Allgäu wirkt der Fichtenwald bei Nacht, mit der elektrisch aufgeladenen Luft und dieser Unheil verheißenden Lichtstimmung oft richtig unheimlich. Fred bekam Angst und stellte sich vor langsam im Wald zu versinken. Da stieg er vorsichtshalber vom Fahrrad ab.

Papa kannte diesen Wald und war auch sonst furchtlos. Die Fahrtroute war ihm schon seit seinen Kindertagen vertraut. Schließlich war er hier geboren und hatte in diesem bewaldeten Landstrich auch seine gesamte Jugend verbracht. So beschloss er, seinen Sohn auf einer Abkürzung, die sich ein ganzes Stück des Waldweges am Elbsee vorbeischlängelte, bis nach Hause zu schieben. Er fand einen drei Meter langen Ast mit einer großen Gabel am Ende. Er brach diesen passend auf Länge und setzte sich damit wieder auf sein Motorrad. Den Ast vor sich auf dem Motorradlenker. Nun musste sich Fred, an einen Baumstamm gelehnt, wieder aufs Rad schwingen. Sein Papa klemmte die Astgabel unter den Fahrradsattel und halb auf seinem Motorrad stehend, schob er mit den 90 PS seiner Norton den Sohn langsam durch den mit gierigen Wurzel-Fangarmen gespickten Gruselwald.

Für Papa hatte sich die Abkürzung gelohnt. Nach einer Viertelstunde tauchten die ersten Häuser auf. Als beide in den Jörglweg einbogen, öffnete der inzwischen schwarz-gelb gewordene Himmel alle Schleusen. Unter mächtigem Getöse wurde das seltsame Gespann doch noch richtig geduscht. Umso schöner war es, anschließend gemeinsam mit Papa im heißen Wasser eines hölzernen Waschzubers zu sitzen. Und keiner schimpfte!

Hier bin ich Mensch, hier darf ich's sein.

Der Ausflug

Ein oder zweimal im Jahr, meist während der Ferien, wurde von Freds Vater ein Ausflug in die Berge angeordnet. Dieses Mal fiel das Ereignis in die Osterferien im April. Die Wettervorhersage versprach allerbeste Voraussetzungen! Dies war insofern wichtig, als Freds Papa sich damals noch kein Auto leisten konnte. Er pflegte mit viel Sorgfalt, Liebe und Geduld seine Norton Seitenwagenmaschine. Ein Motorrad stark wie viele Ackergäule auf einmal. Das reichte völlig, um eine ganze Familie in die Berge zu schaukeln. Im Sonnenschein ein herrliches Erlebnis zu genießen. Alle fanden Platz. Diesmal wollte sogar der lange Onkel Toni mit den beiden Töchtern von Freds Tante Elfriede mitkommen. Wie eine Großfamilie sozusagen. Onkel Toni wirkte mit seinen zwei Metern Körpergröße ziemlich lustig auf seinem kleinen, schmalen MIELE-Moped. Alt, aber bezahlt, schaffte es gerade so die sechzig Stundenkilometer Marke. Na, die knapp vierzig Kilometer bis nach Pfronten müssten auch damit zu schaffen sein. Sieben Personen auf einem Motorrad und einem Mofa unterzubringen, erforderte eine regelrechte Generalstabsplanung! Freds Mama nahm die kleine Heike auf den Schoß und quetschte sich in den Beiwagen. Fred, auf dem Rücksitz der Norton, klammerte sich an Papas Gürtel fest. Christine, die Kleinste, saß vor Papa auf dem Tank und krallte sich an Papas Bauch fest. Reni, auf dem Rücksitz des Mopeds umarmte Onkel Toni. Vesper und Kleider zum Wechseln waren als Gepäckrolle hinten auf den Beiwagen geschnallt. Eine zweite Rolle hinter Fred auf dem Motorrad war so platziert, dass Fred eine schöne Lehne hatte und nicht hinten herunterfallen konnte. Hinter Papas Norton her fuhr der zwei Meter lange Onkel Toni, auf seinem kleinen Zweitakter balancierend. Es sah schon ziemlich lustig aus. Aber da guckte keiner.

Unterwegs machte die zweiteilige Truppe an einem duftenden Waldparkplatz eine Pinkelpause. Nach weiteren zweieinhalb Stunden Geschaukel erreichte das Gespann, mit Onkel Tonis Moped im Schlepptau, Pfronten und ächzte mit allen sieben Passagieren noch ein Stückchen den Breitenberg hinauf. Am alten Wanderparkplatz angekommen, hatten sie endlich wieder festen Boden unter den Füßen. Von den vielen Vibrationen durchdrungen, zitterten sie hinterher immer noch eine ganze Weile. Nach dem Abladen und Sortieren der wenigen Habseligkeiten wanderten alle sieben los. Mama und Papa trugen die Rucksäcke. Die Kinder hatten wegen der inzwischen schon besser wärmenden Sonne ihre Jacken umgebunden und brauchten nur ihre Vesperbeutel zu schleppen. Onkel Toni trug einen riesigen grauen Anorak, in den er alles, was er zu brauchen glaubte, hineingestopft hatte. Man konnte ihn nur noch wegen der Kamera um den Hals von einem Elefanten unterscheiden. Unterwegs gab es für offene Augen viel zu sehen. Und jeder sah etwas anderes! Blumen, Steine, Landschaft und stellenweise auch schwarz. An jeder Serpentine wurde angehalten. Überall lagen große Steine, auf die man klettern konnte; Baumstämme, auf denen sich das Balancieren lohnte und viele Gelegenheiten sich zu verstecken. Onkel Toni fotografierte fleißig und vor allem die schöne Aussicht. Nach einer gefühlten Stunde machte ihn Papa darauf aufmerksam, dass die Abdeckkappe noch sein Foto-Objektiv verdeckte. Alle grinsten schadenfroh. Jetzt musste er vor lauter Schwarzseherei alles noch einmal fotografieren! Nach sehr mühevoller, steiniger Wanderung taten nicht nur Fred die Füße weh. Endlich kam ihnen das Gipfelgasthaus entgegen. Fred beobachtete, dass viele der Wanderer rund herum sich beim Wirt ein schönes Essen bestellten. Nur Mama und Papa packten an einem der Extra-Holztische das mitgebrachte Vesper aus. Sprudel statt Cola und belegte Brote statt Schnitzel mit Pommes. *Der* Tag war gelaufen. Da half es auch nicht mehr, dass er hinter seinem Rücken die Finger kreuzte, oder in Gedanken sein Schwert kreisen ließ. Sein Hunger bohrte. Sollte etwa ein nur mit Salami belegtes Wurstbrot seinen Hunger vertreiben? Fred spielte schon mit dem Gedanken an Boykott. Plötzlich krank zu werden wäre noch eine

Alternative gewesen! Mit langen Zähnen aß er schließlich doch, der Not gehorchend, sein belegtes Brot. Da rettete Onkel Toni den Tag mit seiner Idee: „Ich spendiere jetzt allen Kindern eine Cola!" Das war ja fast wie Weihnachten!

Langsam zogen Wolken auf. Die Sonne versteckte sich immer öfter. Und es ging noch mindestens zwei Stunden bergab! Schnell wurde alles wieder eingepackt. Ein letzter Rundblick vom Gipfel des Breitenberg weit ins Allgäu hinein. Fred fragte sich, was denn daran so toll sein sollte? Nur gucken! Da lag doch nur die Landschaft herum. Er überlegte sich noch schnell, ob er sich den Fuß verknacksen sollte oder noch besser gleich tot umfallen. Dann wäre richtig was los gewesen. Heike war cleverer; sie ließ sich von Papa tragen. Sie bekam immer, was sie wollte, die Kleine war ja scheinbar so arm! Der Onkel mit Reni an der Hand trug Christine auf seinen Schultern. Mama packte Fred an der Hand und zog ihn unerbittlich hinter sich her. Den Parkplatz erreichten sie erschöpft, aber noch trocken. Aber noch bevor alle samt Gepäck verstaut waren, ging es los. Der April zog alle Register seiner Spezialeffekte! Mit Blitzen, Sturm und Regen. Ein Gewitter, das man nicht unbedingt erlebt haben musste. Aber keiner wurde gefragt. Das war auch auf einem Motorrad kein großes Vergnügen. Eher wieder ein neues, nasses Abenteuer. Da half nicht einmal der riesige Windschild aus Plexiglas. Mama im Beiwagen hatte es da ein bisschen besser. Sie zog, mit Heike auf dem nassen Schoss, ihr Regencape bis über die kleine Windschutzscheibe des Beiwagens. So saß sie einigermaßen gegen Regen geschützt, aber trotzdem sehr unbequem. Diese Art zu reisen musste man lieben! Nach zehn Minuten, noch im Ortsteil Pfronten, bog Papa auf einen Parkplatz ein. Nun wurde doch noch in einem Gasthaus das Ende des heftigen Gewitters abgewartet. Onkel Toni gab nun mit offizieller Erlaubnis, sozusagen als Wetterentschädigung noch die heiß ersehnte Cola aus.

April, April! Man kann es nicht jedem Recht machen!

Die feuchte Wiese

Warmes. sonniges Wetter. Ein früher Nachmittag im Freien auf einer frisch gemähten Wiese liegend konnte man imit geschlossenen Augen den Sommer hautnah riechen. Die Blumenwiese duftete und reichte so weit, dass man anderen Ende schon die ersten weißen Häuser von Ruderatshofen erahnen konnte. Fred traf sich nach dem Essen öfter mit dem langen und dürren Dieter. Der wohnte schräg gegenüber in einem vierstöckigen Haus mit einem sehr hohen und steilen Satteldach. Das war insofern wichtig, da sich unter dem steilen Dach quasi noch ein fünftes Stockwerk verbarg. Fred und Dieter verbargen sich öfter in einem Bretterverschlag in dessen Speicher, der fast völlig mit alten Zeitungsstapeln gefüllt war. Hier fanden sie zwei Stapel, die fast wie zwei Sessel angeordnet waren. Jedenfalls ein sehr ruhiges und verstecktes Plätzchen. Dieter war sehr neugierig und suchte alles, was mit seinem Geschlecht zusammenhing, zu erkunden. Dazu glaubte er Fred zu brauchen. Der war natürlich auch neugierig, aber bei den, doch ziemlich deutlichen Wünschen Dieters, noch sehr zurückhaltend. Er hatte noch wenig Erfahrungen und erschreckte sich fast ein wenig, wenn sein Schniedel beim Reiben zu spritzen begann. Doch das Gefühl dabei, wenn die ganze Wirbelsäule sich zu versteifen begann und der Unterleib sich in Wellen zu zucken begann, war so aufregend, dass er regelmäßig Lust auf mehr bekam. Dieter ging es genauso und animierte ihn. Gelegentlich wechselten sie sich gegenseitig ab oder küssten sich dabei, so dass sich das Lustgefühl fast bis ins Unendliche steigerte. Das behielten sie aber für sich und schwiegen wie ein Grab über diese Vorgänge. Sie wussten ja nicht so genau, ob das, wie seine Mutter einmal bemerkte, wirklich eine verbotene Schweinerei war - bei der man sogar verrückt werden konnte - oder ob es am Ende doch harmlos und erlaubt war. Also besser mal schweigen und dichthalten.

Mädchen hatten dabei nichts verloren. Wie sollte das auch gehen. Die hatten doch nichts Vergleichbares! Sie wussten aber auch nicht, wie das Spiel mit Mädchen gehen sollte. Besser die Finger weglassen, solange man nicht wusste, was da vielleicht noch kaputt ging. Die Begegnung mit dem Nachbarmädchen machte aber doch irgendwie neugierig. Deshalb freuten sie sich auch, dass diesmal Annemarie dabei war, sie war die zwei Jahre ältere Tochter der Nachbarn von direkt nebenan. Sie wurde nur Anni gerufen und zählte schon fast fünfzehn Lenze. Sie war ein hübsches, aber mageres und eher schüchternes Mädchen. Einmal trafen sie sich auf der großen Löwenzahnwiese. Hier war der ideale Platz zum Herumtollen. Und wenn man sich zu sehr im Gras wälzte, färbten die gelben Löwenzahnpollen alles wunderschön intensiv! Wenn der Bauer vom Hof nebenan seine Wiese gemäht hatte, drückte er immer beide Augen zu und erlaubte den Kindern dort zu spielen. Dann fehlte auch der Löwenzahn. (oder Bettsoicher - wie man sie noch nannte!) Hier trafen sich auch gern die Mütter der Kleinsten zum Wiesenpicknick. Natürlich auch zum gemütlichen Tratschen in der Sonne. Schnell zwei kleine Tische und ein paar Stühle aufgestellt, eine schön lange Tischdecke drüber und eine Wolldecke für die Kinder, fertig. Zu guter Letzt gesellte sich Dieter noch dazu. Mit Heike, Freds kleiner Schwester, waren sie nun zu fünft. Die Mütter waren noch unterwegs, Kaffeegeschirr zu holen. „Wir spielen jetzt Höhle!", riefen die Kinder wie aus einem Munde. Aus den aufgelegten Tischdecken ließen sich, wenn man sie ein bisschen weiter über die Stühle zog, zwei herrliche Höhlen bauen. Das entstandene Lücke auf der Längsseite wurde mit einer Decke geschlossen, die auf der Tischplatte mit großen Steinen beschwert wurde. Jetzt schnell in die Höhlen. Sie hofften, dass die Mütter sie, wenn sie zurückkehrten, suchen würden. Werner, Dieter und Heike hockten sich in die erste Höhle und waren mucksmäuschenstill. Dieter war sowieso noch ziemlich müde. Fred und Anni knieten im zweiten Unterstand. Zum Stehen reichte es unter den Tisch nicht ganz. Das aber auch nicht unbedingt nötig. Im Gras saß es sich viel gemütlicher. Leider war es noch ein bisschen feucht. Fred wunderte sich nur, woher sollte jetzt bei Sonnenschein die Feuchte kommen, es hatte doch auch vorher nicht geregnet? Ohne weiter darüber zu sinnieren, schlug er vor: „Wir spielen jetzt Eltern." Aber Werner wollte lieber Krankenhaus spielen. Solange, bis die Mütter mit dem Kaffee zurückkämen, könnten die Jungs ja die „Patientinnen" behandeln. Die Mädchen mussten solange krank spielen. Die Jungs waren bei so viel plötzlichem Bauchweh und Kopfschmerzen ganz schön gefordert. Dazu mussten die Bäuche auch noch gestreichelt werden. Da wollte das Bauchweh gar kein Ende mehr nehmen. Plötzlich unterbrach Anni das Spiel, zog ihr Röckchen hoch und ging in die Hocke. Mit den Worten: „Ich muss mal", zog sie mit einem Finger den Schlüpfer unten zur Seite und strullerte los. Fred starrte sie fassungslos an. Noch nie hatte er ein so großes Mädchen ohne Slip gesehen. Die Haare und die beiden Wülste, zwischen denen das Wasser nur so herausströmte, bebten. Das sah er so zum ersten Mal und konnte gar nicht mehr weggucken. Obwohl er noch kurz zuvor sich mit Dieter zusammen entladen hatte, wurde ihm heiß und sein Schniedel regte sich. Dabei kannte er noch nicht einmal den Zusammenhang! Er war nur sehr überrascht und so wie das wirkte, war das sicher etwas Besonderes. Ausgerechnet jetzt kam Annis Mama zurück. Anni war gerade noch rechtzeitig fertig geworden und rückte ihr

Röckchen schon wieder zurecht. Die resolute Stimme von Annis strenger Mutter ließ seine Gefühle schlagartig ersterben. „Aufräumen!", befahl sie. Augenblicklich waren Bauchweh und Krankenstation verschwunden und alle ihre heimlichen Spiele beendet. Anni kroch aus der Höhle. Schnell wurden die „Zelte" abgebaut und alles hatte wieder seine heilige Ordnung. Außer dass alle Kinder nun grüne und/oder gelbe Knie hatten, war nichts passiert. Nur Fred hatte dazu noch ein seltsam rotes Gesicht. Jetzt glaubte er zu wissen, weshalb die Wiese so ein bisschen feucht gewesen war. Vermutlich waren die Mädchen die Ursache dafür. Und deshalb nannte man das also ein Feuchtgebiet!

On y soit, qui mal y pense!

Werner

Werner war Freds bester Kumpel. Sie lernten sich als Klassenkameraden kennen und waren sogar noch Nachbarn. Vor langer Zeit hatte Werni, wie er gern gerufen wurde, einmal eine Kinderlähmung überstanden und deshalb ganz dünne Arme. Kräftig war er nicht, aber dafür umso zäher. Er war nicht nur schlaksig wie Fred, sondern auch sein einziger und bester Freund. Er schien trotz oder vielleicht sogar wegen seiner Behinderung immer sehr fröhlich zu sein. Jedenfalls schien sein Mund, der ein bißchen dem eines wiehernden Pferdes ähnelte, immer zu lachen. Zu jedem Streich aufgelegt und immer wortlos der gleichen Meinung, passte er gut zu Fred. Diese Verbindung mit Fred, der froh war, ein Pendant gefunden zu haben, war sehr innig und herzlich. Bestimmt war auch das angespannte Verhältnis mit den Eltern, wenn auch aus unterschiedlichen Gründen, nicht ganz unbeteiligt daran.

„Schau mal, Fred, jetzt kann ich's." Werner schaukelte im ZickZack auf der Straße entlang. Er hatte sich wieder einmal Freds klappriges Fahrrad ausgeliehen. Das war etwas kleiner als ein normales Rad und hatte einen tiefen Einstieg. Werni, so rief ihn Fred, hatte liebe Mühe sich auf dem Fahrrad zu halten. Er balancierte auf dem tiefergestellten Sattel und bemühte sich, mit seinen schmalen

Händen den Lenker festzuhalten. Das half zwar nicht viel, da seine Arme wegen seiner Kinderlähmung nur aus den mit Haut überzogenen Knochen zu bestehen schienen. Hauptsächlich übte Werni daher, freihändig zu fahren. Das war zwar verboten, aber wenn's nicht anders ging? Außerdem machte alles, was verboten war, sowieso am meisten Spaß. (Vielleicht war es gerade deshalb verboten, weil man uns den Spaß nicht gönnte?) Zwangsläufig entstand durch das Auf-und Absteigen bei Werni eine zirkusreife Nummer. Aber diesmal war er ganz stolz darauf, dass er es trotz seiner kraftlosen Arme geschafft hatte, doch noch seine Hände an den Lenker zu schwingen. Werner und Fred waren zwar Nachbarn, aber hauptsächlich hatten sie sich als Klassenkameraden kennengelernt. Werner wohnte zusammen mit seinen Eltern in der ersten Dreierreihe der Fendt-Häuser, damals noch umgeben von herrlich duftenden Wiesen. Seine Eltern gingen nicht mehr arbeiten und waren deshalb viel zu Hause. Trotzdem nahmen sich aber nur wenig Zeit für ihren Sohn. Sein Vater hatte früher als Orchester-Musiker in ein Horn geblasen. Im Lauf der Jahre war ihm wohl trotz der guten Allgäuer Luft dieselbe ausgegangen. Er war ziemlich krank und kümmerte sich nur noch um sich selbst. Seinen neunjährigen Sohn hatte er vor lauter Selbstmitleid schon weitgehend vergessen. Wernis Mama, Anfang fünfzig, wirkte auch schon ziemlich alt. Sie war vom vielen Rauchen runzelig gegerbt und meistens schlecht gelaunt. Wenn man ihr begegnete, stank sie immer ganz ekelig nach Schnaps. Werner galt als sehr zuverlässig. und half oft so gut er konnte seinen Eltern, obwohl er nur wenig Wertschätzung dafür erhielt. Trotzdem war er fast immer fröhlich und verbreitete gute Laune. Die beiden Freunde, sehr schlank und schlaksig, fanden bald beieinander, was sie zu Hause so sehr vermissten: Vertrauen und Zuwendung. Das schweißte zusammen und es entwickelte sich eine völlig andere Freundschaft als zwischen Fred und Dieter. An Sex dachte er bei Werner nie. Sie packten die Aufgaben, die ihnen das Leben stellte, ohne Pathos und Träumerei sachlich an der Wurzel. Und verloren dabei doch nicht ihre Hoffnungen. Werner hatte mit seiner stabileren Psyche Fred doch einiges voraus. Vielleicht war das auch der Grund, dass sie so manches Problem verschieden meisterten, aber eigentlich doch immer wieder das gleiche Ergebnis erreichten. Zum Beispiel wie bei dem Winterabenteuer vor der Haustür.

Gehen wir noch ein paar Schritte gemeinsam!

Die Flugschanze

Opa Aitrang, der inzwischen verstorbene Küfermeister, hatte einst für den kleinen Fred aus zwei Fassdauben einfache Skier gebastelt. Für den unternehmungslustigen Steppke genau richtig, um die kurzen Traktorauffahrten zur Scheune der Nachbarbauern hinabzusausen. Das war nahe dran und Heuschober gab es reichlich in Freds Nachbarschaft. Fred wohnte sogar direkt neben einem richtig großen Allgäuer Bauernhof. Aber weil der Hof bewirtschaftet wurde räumte der Knecht den schönen Schnee meistens gleich weg. Inzwischen waren Jahre vergangen. Fred war gewachsen und auch schon Gymnasialschüler. Da reichte das „Buckelrutschen" mit den Fassdauben nicht mehr. Sein Freund Werner hatte zu Weihnachten neue Skier bekommen. Einen Meter fünfundsechzig lang, mit geschliffenen Stahlkanten und moderner Edelstahl-Federbindung! Angeblich vom Christkind. Aber die gleichen Ski hatten noch eine Woche vorher beim Sport-Fendt im Schaufenster gestanden! Das hatten die beiden zufällig entdeckt! Damit sie gemeinsam skiwandern konnten, erbettelte sich Fred von Papa dessen alte ausrangierte Ski. Die besaßen an der Spitze noch zwei schmale Köpfchen mit Loch zum Zusammenklemmen. Und Stahlkanten hatten die auch noch keine. Dafür Lederriemen zum Festmachen an den Stiefeln. Trotzdem wurden sie von seinem Vater nur sehr schweren Herzens und mit allerlei Vorsichtsmaßregeln für Fred aus dem Keller geholt. Nun noch die Bindung mit den zwei Lederriemen an Freds Skistiefel anpassen. Wachs auf die Lauffläche reiben und geduldig die unvermeidlichen, als Standpauke verpackten Tipps über sich ergehen. Dann ging's ab zu Werner!

Nicht weit vom Jörglweg entfernt erhob sich Marktoberdorfs Hausberg. Eigentlich war der Galgenberg eher ein Teil einer Hügelkette. Aber mit Kloster und Kirche wirkte er viel mächtiger. Der vorgelagerte Teil davon hieß Siebenbichel und war ideal als Skischüler-Übungsgelände. Zu Fuß keine drei Minuten entfernt. Gemeinsam mit Werner machte er sich auf den Weg. Am linken Ende der sieben Buckel fraß sich, noch oberhalb der Kaufbeurerstraße, ein immer hungriger Kiesbagger in den Hügel. Zum Glück war wenigstens sonntags Arbeitspause. Der Bauer, dem die Kiesgrube gehörte, hatte gleich nebendran, noch dicht an den Hang einen Heuschober gebaut. Dort sammelte er im Herbst immer das viele Heu von seinen Wiesen rund herum. Wie üblich grenzte ein typischer Allgäuer Weidezaun die Wiesen und den Weg zum Schober ein. Jeweils zwei Stacheldrähte waren oben und unten an die hölzernen Zaunpfosten angenagelt. Sie sollten die Kühe während des Weidens am Weglaufen hindern. Aber jetzt im Januar, wo über einen Meter hoch Schnee lag, waren keine Kühe mehr da und der Zaun fast weg. Nur die Pfosten mit dem oberen Stacheldraht schauten gerade noch frierend aus dem Schnee. Werner hatte mitgedacht und vorsorglich einen großen Seitenkneifer besorgt. Gemeinsam drückend, schafften es die beiden, den rostigen Stacheldraht durchzuzwicken. Weil der für Skifahrer doch sehr gefährlich war! Bei der schönen Abfahrt vom Hügel konnte man ja mit den Skiern an dem dummen rostigen Draht hängen bleiben. Und der Bauer wollte bestimmt nicht, dass die Kinder sich an seinem Zaun böse Verletzungen holten! Nun noch eine Bahn treten. Ein paarmal trippelten Fred und Werner, schön die Ski parallel haltend, quer den Hang hinauf. Dann war die Abfahrt gebahnt. Bergab zu wedeln im gleißenden Sonnen-schein, schien wie ein Vorgefühl auf's Paradies zu sein. Nur leider zu kurz! Wedeln bis der Pulverschnee staubte, verlängerte zwar das Vergnügen, doch es musste noch etwas mehr Abwechslung her.

Der wettergegerbte Heuschober duckte sich glücklicherweise quer in eine Scharte des Hügels hinein. So dass sein Dachkandel direkt an den Abhang stieß. Mit zwei Brettern konnte die Schräge zwischen Abhang und Dach sehr leicht überbrückt werden. Auf der anderen Seite, unterhalb des Stadels, stieg das Gelände noch etwas an und eine große Schneewehe überbrückte hier den Abstand zum Dach.

Diese Umstände waren doch ein Geschenk des Himmels! Noch schnell eine Spur den Hang hin-auf treten und fertig war die tolle Superschanze. Werni versuch-te es als Erster. Er sauste immer schneller hinab. Durch die Kuhle auf's Dach, Absprung am First und weit über die talseitige Dachhälfte im Flug hinweg. Er flog und flog über die nächste Wehe hinweg mindestens zehn Meter zu weit den Hang hinab. Die Landung im schon flacher werdenden Teil des Hanges war brutal hart und Werni ging in die Knie. Er ließ sich einfach umfallen, denn mit Skistöcken konnte er nicht springen und ohne hatte er keine Stützmöglichkeit. Es hätte ihm eh nichts genutzt, da er mit seinen, von der Kinderlähmung gezeichneten Armen ohnehin nicht die Kraft aufgebracht hätte, sich abzufangen. Er riss seinen Mund mit dem riesig wirkenden Gebiss auf, das dem eines Pferdes ähnelte und lachte lauthals. Gott sei Dank war das gut abgegangen! Nun war Fred dran. Ihm war schon ein wenig bange, aber das wollte er auf keinen Fall zugeben. Was Werni konnte, das kriegte er auch hin. Und los! Da Fred etwas mehr wog als Werner, wurde er infolgedessen auch schneller. Der Wind pfiff ihm nur so um die Ohren. Achtung, die Kuhle! Jetzt die Bretter treffen, sich strecken und weit nach vorne ziehen. Fred fing an, vom Fliegen zu träumen. Wie die großen Springer in Oberstdorf. Alles flitzte vorbei. Fred erlebte den Flug, der eigentlich nur wenige Sekunden dauerte, wie in einem Film. Ein

Riesensprung. Viel zu weit für diesen Auslauf. Dann der Aufprall auf der flachen Wiese. Der holte Fred schlagartig wieder in die Wirklichkeit zurück. Er spürte einen Ruck in den Knien und hörte auch deutlich den Knackksss im rechten Ski. Dann überschlug er sich und rutschte bis zum Weg. Bloß gut, dass das Stück Zaun nun fehlte! Werner kam angehechtet und half seinem Freund flugs wieder auf die Füße. Fred hatte nur noch anderthalb Skier an den Riemen hängen. Gut dass sonst nichts gebrochen war. Die vordere Hälfte des rechten Skis steckte noch an der Landestelle im Schnee. „Au weh! Sell' war's wohl für heut!", ließ Werni verlauten. „Jetzt ganget m'r beichta. Und des nägschte Mol fahret mir abwechselnd mit meine neue Schieer!" Fred blieb fast die Spucke weg. Das war wirklich ein „echter Freund"!

Womit man umgeht, hängt einem an!

Allgäuer Weihnacht

Damals sprach noch niemand vom Klima. Geschweige denn von irgendeiner größeren Änderung. Früher, das heißt vor sechzig Jahren, war es noch normal, dass es im Winter schneite. An Neujahr hatte es sogar so viel geschneit, dass die Haustüre nicht mehr zu öffnen war! Da blieb dem Vater nichts anderes übrig, als aus dem Fenster im ersten Stock zu springen und den Hauseingang freizuschaufeln.

Weihnachten im Schnee. Da war schon ein Abenteuer, heimlich den Weihnachtsbaum zu besorgen. Eine Woche vor dem Heiligen Abend holte Freds Papa eine Säge aus dem Keller und stellte Fred auf Mamas Skier. Gemeinsam zogen sie los. Richtung Siebenbichel. Gleich dahinter begann der Wald. Ein richtig tief verschneiter Fichtenwald. Der Schnee war sehr pulvrig und erschwerte das Fortkommen. Fred hatte es in Papas Spur etwas leichter. Es dauerte aber nicht lange, bis die beiden an einer kleinen Schonung einen schönen Baum entdeckten. Einmal kurz sägen und schon lag der Baum transportbereit. Liegend wirkte das Bäumchen viel zu groß. Gut dass sie Handschuhe trugen. Der Baum wehrte sich nämlich dagegen mitgenommnen zu werden und stichelte mit aller Kraft. Aber der Vater wusste immer Rat. Er band eine

Schnur an das Baumende und das andere Ende sich selber um den Bauch. Dann schleifte er den Baum hinter sich her auf seinen Skiern in Richtung Heimat. Fred hielt sich solange an der Baumspitze fest. Papa hatte natürlich gleich bemerkt, dass die Spitze abgebrochen war. Aber die wurde später eh durch eine glitzernde Kristallspitze ersetzt. Nun noch schnell den Stamm anspitzen und in seinen Ständer stellen. So war der Baum erst einmal versorgt und musste nicht mehr dürsten. Auf einer Seite hatte das Bäumchen noch eine ziemliche Lücke. Da Freds Mama nur einen perfekten Baum im Wohnzimmer dulden würde, steckte Freds Papa noch einen zusätzlichen Ast in ein passend gebohrtes Loch hinein. Schon war beim Anblick des Bäumchens der Frieden garantiert!

Fred bekam den Baum erst wieder am Heiligen Abend zu sehen. Bis dahin zogen sich die Tage wie Gummifäden. Jeden Abend drückten er und sein Schwesterchen Heike ihre Nasen am Fenster platt. Ob nicht doch irgendwo ein Schlitten zu entdecken wäre? Fred glaubte nicht mehr so recht an diese Geschichte. Die größeren Schulkinder hatten erzählt, dass das alles gelogen sei und letztlich alles nur erfunden worden sei, um die Glaubhaftigkeit des Bemühens um den Frieden in der Welt zu stärken! Fred wusste nicht so recht, was er noch glauben sollte. In seiner Welt konnte er sich auf so vieles keinen Reim bilden. Er hatte schon seit längerem beschlossen nur das zu glauben was er selbst sah und anfassen konnte. Aber seiner Schwester Heike zuliebe, behielt er das für sich und spielte mit. Man konnte sich ja nie sicher sein..... Jedenfalls, wenn ein Schlitten kam, war es immer nur der Bauer von nebenan, der vor ein paar Tagen seinen Pferdeschlitten flott gemacht hatte. Auch am Heiligen Abend wurden die beiden Kinder wieder in ihr gemeinsames Zimmer verbannt. Mama musste angeblich noch „Besorgungen" machen und Papa werkelte in seiner Kellerwerkstatt. Da konnte er den kleinen Fred nicht brauchen; wo der doch eigentlich schon elf war und sooo gerne beim Sägen und Bohren geholfen hätte.

Als endlich das helle Ton eines Glöckchens erklang, erschien Mama in ihrem schönsten Kleid. Festlich war noch obligatorisch an Weihnachten! Der Baum - glitzernd in Weiß und Silber - war mit vielen brennenden Kerzen geschmückt und leuchtete strahlend hell. Es schien, als habe er sich mit einem Heili-genschein geschmückt. Darunter ein Tuch so weiß wie Schnee. Und mitten im Schnee kauerte die „Heilige Familie". Bewacht von drei prächtigen Königen mit einem Kamel. Daneben der Hirte mit seinen beiden Schafen und schließlich eine einsame Kuh, die sich wohl verlaufen hatte. Ein Esel fehlte noch. Der lag später als größere Ausgabe auf seinen Knien vor dem Weihnachtsbaum. Fred überlegte noch, ob die drei Könige wohl alle auf einem Kamel gekommen waren. Aber dann schweifte sein Blick gleich suchend über die vier Päckchen in Geschenkpapier. Das hatte seine Mama wohl bemerkt und stimmte schnell das erste Weihnachtslied an: „Ihr Kinderlein kommet..!" Sein Papa, festlich mit weißem Hemd und Krawatte, entlockte dazu seine Geige einige krächzende Töne: Ihr Kinderlein kommet?.... Kritische Gedanken keimten in Freds Kopf. „Was für ein Blödsinn, ihr Kinderlein kommet. Wir waren doch schon da!" Dann wunderte er sich noch über die „grünen Blätter" des Tannenbaums, weil der doch nur zwar grüne aber dafür auch ziemlich spitzige Nadeln hatte! Von Blättern keine Spur! Im Grunde war ihm das aber egal. Als er sich genauer umschaute, stutzte er: Kein Päckchen war groß genug, als dass ein Plattenspieler darin enthalten sein konnte. Dabei hatte er den doch als erstes auf seinen Wunschzettel geschrieben. Und dazu noch seinen Wunsch nach einer Märklin-Eisenbahn! Aber keines der in buntes Papier eingepackten Geschenkpäckchen hätte der Größe nach dazu gepasst. „Stille Nacht...Heilige Nacht" erklang es mittlerweile voller Inbrunst. Lange konnte die Singerei nun nicht mehr dauern. Als nächstes im Weihnachtsritual wurde das Essen serviert. Matjeskartoffelsalat mit Saitlingen. Das war Standard an Heiligabend. Papa als Familienoberhaupt sprach das Tischgebet. Fred dachte leise vor sich hin: „Ausgerechnet der, der eh' nie in die Kirche geht, muss vorbeten!"

Das Essen zog sich. Fred aß vor lauter Aufregung nur ein Würstchen und begann hin und her zu rutschen. Aber das half alles nichts, denn Papa blieb noch sitzen. Die Kinder durften aber erst vom Tisch aufstehen, wenn Papa die Tafel aufhob, Da gab es keinen Pardon, auch wenn Fred überhaupt keinen Hunger mehr hatte! Nach langen Minuten, die Fred wie Stunden vorkamen, endlich Bescherung. Mama teilte die Päckchen zu. Heike riss ihres gleich auf und war selig mit ihrer neuen Puppe. Fred packte immer ordentlich aus. Das Papier konnte man bestimmt noch für etwas verwenden. Zum Vorschein kam der zwar schöne, aber bestimmt nicht heiß erwünschte Pullover, den sie vor vierzehn Tagen beim Schöller gekauft hatten. Fred musste extra zum „Probieren" mitkommen. Daher hatte Fred genau gewusst, was das Christkind bringen würde und war doch grenzenlos enttäuscht. Riesentränen kullerten über seine Wangen und er wollte sie auch nicht aufhalten. Mama schien über ihren Seidenschal auch nicht sehr glücklich zu sein. Derweil packte Papa eifrig seinen wohl zwanzigsten Schlips aus. Man hätte fast glauben können, er freue sich wirklich. Immerhin, jeder hatte was bekommen. Bis auf das Nesthäkchen, das wirklich selig war, spielten alle „fröhliche Weihnachten" und taten so, als seien sie glücklich. Nur Fred fiel wieder mal aus der Rolle und zeigte ehrlich seine Enttäuschung. Heike fütterte noch ihre neue Puppe mit den Resten vom Salat und Fred schmollte. Sein Weihnachtsfest war eigentlich schon erledigt.

Da brachte Mama mit scheinbar ganz verwundertem und überraschtem Getue zwei größere Kartons. „Fast hätte ich's vergessen. Onkel Toni hat dem lieben Christkind ja noch etwas mitgegeben." Fred dachte sich: „Jetzt, wo alles gelaufen war! Was war da bloß faul?" Da flötete Mama erneut: „Ein Paket für Fred und eines für unseren Spatz." Natürlich, sogar da wurden feine Unterschiede gemacht! Heike riss ohne zu zögern das Papier auf und jubelte: „Ein Puppenwagen für meine Toni!" Fred stutzte und überlegte kritisch. Für einen Plattenspieler war der Karton zu flach. Es wird doch nicht etwa? Tatsächlich, eine Märklin-Starterpackung! Die lang ersehnte Eisenbahn. Der Aufbau wurde aber noch nicht erlaubt. Dazu war es jetzt angeblich schon zu spät. Und die Christmette wartete auch noch.....

Am nächsten Morgen baute Papa nur zum Testen die Eisenbahn auf. Er vergaß das Testen und spielte damit ausgiebig bis zum Mittagessen. Fred lauerte ungeduldig darauf, dass sein Papa endlich eine Pause einlegen möge. Als es soweit war, zog er flink ein Kabel aus dem Anschlussstecker am Gleis, wickelte ein bisschen Papier darum und steckte alles wieder zusammen. Als Papa weiterspielen wollte, fuhr die Lokomotive nicht mehr.

Papa fand die Ursache nicht gleich und verlor prompt das Interesse. Nun hatte Fred seine Eisenbahn endlich für sich. Auf sich und Onkel Toni konnte er sich einfach verlassen!

Das eigentliche Christkind jedoch war sein unschuldiges Schwesterchen, denn die glaubte noch daran!

Onkel Toni

Fred fiel auf, dass sich oft ihm weniger nahe stehende Menschen um ihn kümmerten. Dazu gehörte auch Onkel Toni.

„Muasch itta!" Das war sein maximaler Tadel. Sein typisch alemannischer Dialekt, manchmal etwas amerikanisch gefärbt, ließ auf eine fremde Herkunft schließen. Fred vermutete gleich ein spannendes, vielleicht sogar abenteuerliches Leben. Auch seine äußerst ruhige, ja fast bedächtige Art sich zu bewegen und seine fortwährende Fröhlichkeit waren für Fred interessant und er empfand Onkel Toni fast als ein wenig widersprüchlich. Er war ein großer und, aus Freds Sicht, schöner Mann. Auf Fred wirkte der „Onkel" manchmal etwas distanziert, fast ein wenig zu bedächtig, aber dadurch sehr sympathisch. Das gab Fred intuitiv die Sicherheit: „Der mag mich!" Obwohl dieser Onkel für ihn eigentlich ein „Fremder" war, war er für ihn doch eine Art „Ersatz" für seinen sehr unberechenbaren und wenig liebevollen Vater!

Und er fragte sich: Warum? Von Zeit zu Zeit spürte Fred ein seltsames Unbehagen. Er konnte dieses eigenartige Gefühl auch nicht so richtig einordnen. Nie wusste Fred ganz genau, wer und wie Onkel Toni wirklich war? Aber er verdrängte dieses Gefühl einfach. Denn für Fred war Onkel Toni wie eine Art Nikolaus. Er brachte immer etwas mit. Egal ob es Weihnachten oder Geburtstag war, ob Frühling, Sommer oder Herbst. Onkel Toni vergaß Fred nie! Das grenzte für Fred an ein Wunder. Er hatte noch keine Ahnung vom „echten Leben". Er hatte es zwar schon oft zu „spüren" bekommen, aber warum die Menschen und die Dinge so waren, wie sie waren, das verstand er noch nicht, obwohl er schon bald zwölf wurde. Den Grund dafür verheimlichte ihm das Schicksal - noch.

Onkel Toni - wer war er überhaupt? Fred glaubte lange, er sei ein echter Onkel, aber das war eigentlich nicht so wichtig. Solange er auf seinen „Onkel aus Amerika" stolz sein konnte, war ihm das eigentlich egal! Erstens war es damals schick, Verwandte in Amerika zu haben und zweitens trug der ‚Onkel' auch selbst dazu bei, dass Fred vor lauter Stolz fast platzte. Er wusste immer unzählige, meist spannende Geschichten zu erzählen. Und wenn er erzählte, oft mit einem fremdartigen Klang in der Stimme, klang es immer freundlich und ruhig, obwohl es unglaublich aufregend war. Meistens war die Rede von Amerika. Von Indianern, von Chicago südlich von Milwaukee am Michigansee und ab und zu auch von Südafrika. Aber davon später. Im Zentrum seiner Erzählungen schien jedenfalls Milwaukee zu stehen. Dorthin waren seine Mama und sein Papa ausgewandert.

Vor sehr langer Zeit. Noch vor dem Ersten Weltkrieg, wie er selbst erzählte. Er war in Singen am Hohentwil geboren worden. Seine Eltern waren sehr arm und mussten, weil es hier für sie keine Arbeit mehr gab, mit einem großen Schiff über den Atlantik nach Amerika fahren. Dort fanden sie in der Nähe von Milwaukee Arbeit und eine neue Heimat. Also musste der damals noch kleine Toni dort alles neu lernen. Er wurde ein guter Ingenieur. Viel später brauchte man auch in Deutschland wieder viele gute Ingenieure. Auch beim Schlepperhersteller Fahr in Singen, der nach dem ersten großen Krieg dort sein Werk wieder aufbaute. Deshalb kam der Onkel zurück an den Bodensee, um mitzuhelfen, Deutschland wieder zu erneuern. 1938 lernte er bei Dornier, die auch gute Ingenieure brauchten, Freds Papa kennen. Onkel Toni und Erwin wurden Freunde. Manchmal, wenn Papa ‚auf Achse' war, erzählte er der Mama, dass er mit dem Onkel unterwegs gewesen sei. Aber Fred hatte öfter bemerkt, dass der Onkel bei Tante Elfriede war. Das nennt man dann doch ein falsches Alibi! Fred wunderte sich nur, denn die wirklichen Zusammenhänge konnte er ja noch nicht einordnen. Das Wichtigste für Fred war, dass dieser „Superonkel" sein Freund war. Sein Fels in der täglichen Brandung des familiären Durcheinanders.

Gleich und Gleich gesellt sich gern!

Freds erster Besuch

Da Papas Freundschaft mit dem Junggesellen Toni für Fred oft sehr undurchsichtig war, interessierte sich Fred immer wieder dafür, wie Onkel Toni eigentlich so anders lebte als sein Papa. Keiner wusste oder sagte Näheres über den immer so spendablen Onkel. Der Vater traf sich zwar oft mit seinem Freund, aber für Besuche bei ihm hatte er keine Zeit. Freds Mama dagegen ging da nicht hin, weil es ihr da zu schmutzig war, wie sie einmal bemerkte. Nun wollte er sich selbst einmal ein Bild machen. Des Onkels Adresse hatte Fred irgendwann aufgeschnappt und sich gemerkt. Er hatte zwar noch nie vorher jemand alleine besucht, aber um seine Neugier zu befriedigen, musste er es wagen.

Das Haus war nicht leicht zu finden. Eigentlich war es eine große Halle innerhalb der Baywa. An deren Rückwand war noch ein halbes Haus angebaut worden. Mit Büros. Und darüber klebte noch eine Wohnung. Fred wusste nicht einmal, ob sein Besuch erwünscht war. Es fühlte sich wie etwas zwischen Polizist und Spion an. Auf dem Klingelschild neben der Treppe nach oben stand: Weber. So hieß Onkel Toni mit seinem Familiennamen. Fred drückte fest auf den goldenen Knopf und irgendwo hörte er eine Klingel scheppern. Er hörte Schritte und endlich machte Onkel Toni die Tür auf. Er schien überrascht, guckte aber ganz freundlich. Fred war erleichtert. „Was machst Du denn hier?", Onkel Toni schaute jetzt fragend. „Ich wollte dich besuchen, weil du mir fehlst!" antwortete Fred ehrlich. „Dann komm erst einmal rein." Toni wies ihn an, auf einen der zwei Küchenstühle vor einem weiß gestrichenen alten Schubladentisch zu klettern. „Magst Du einen KaKa-O?" Toni sprach das Wort Kakao immer sehr komisch aus. Das kam wohl von seinem amerikanischen Akzent. Er machte noch eine zweite Tasse für sich selbst. Mit sehr viel Milch und einem Löffel Sahne. So was gab's zu Hause nie. Und obwohl Fred nie mehr in seinem Leben Kakao trinken wollte, trank er gierig in kleinen Schlucken. Dieser weißmelierte KAKA-O schmeckte völlig anders. Fast wie eine Geschmacksexplosion. Das überraschte ihn sehr, wegen seiner Erinnerung an die Schulspeisung kurz nach dem Kriegsende. Fred bemerkte in dem großen Zimmer, in dem der Onkel wohnte, ein ziemliches Durcheinander. Das war ihm besonders sympathisch. Hier fehlte eindeutig die ständig aufräumende Frau. Er hatte zwar bei den „Erwachsenengesprächen" schon mal den Namen „Cilly aus Kempten" aufgeschnappt, aber Genaues wusste er nicht. Wahrscheinlich war sie mit dem Onkel befreundet. Wichtig für Fred war nur ihre Abwesenheit. Frauen wie seine Mama meckerten über alles und der Kochlöffel blieb auch nicht immer da, wo er hingehörte.

Das hatte Fred schon öfter schmerzhaft erfahren müssen. Ob Onkel Toni überhaupt einen besaß? Fred schaute sich wieder neugierig um. In dem großen Zimmer schien alles sehr spannend und ungewöhnlich zu sein. Da stand zum Beispiel eine eigenartige Lampe neben einer Liege mit einer verkrumpelten, sicher viel gebrauchten Decke. „Das ist eine Gesundheits-Lampe", bemerkte Onkel Toni auf Freds fragenden Blick. Er schaltete sie ein und wechselte mit großem Bedacht nacheinander große farbige Glasscheiben aus. Sofort wechselte im ganzen Zimmer die Farbe. Das war wirklich toll! Am besten fand Fred die gelbe Glasscheibe. Da leuchtete das ganze Zimmer wie im Sonnenschein, obwohl draußen dunkle Wolken waren! Fred war fasziniert. Bei grünem Licht sah der Onkel aus wie Frankenstein! In Blau schien alles eher kalt und unheimlich. Fred fror schon. Da er sich gleich gemerkt hatte, wo der Schalter war, wollte Fred selbst wieder weiterschalten. „Muasch itte!", kam gleich die schon altvertraute Mahnung. Mehr schimpfte der Onkel nie. Darauf konnte sich Fred wirklich verlassen. Schnell wurde seine Aufmerksamkeit auf das Bücherregal gelenkt. Die viel zu dünnen Bretter waren ganz stark durchgebogen. Die abgegriffenen „Schinken" hatten wohl auch ihr Gewicht! Die meisten von ihnen sahen ganz verschieden aus. Nicht so wie zu Hause mit Goldrücken, auf denen „Goethe" oder „Schiller" geschrieben stand. Da drängten sich ganz dicke Lexika zwischen Astrologiebücher und Ephemeridenlisten. Was immer das auch sein sollte. Der kluge Onkel erklärte behutsam: Er berechne nämlich auch Horoskope und dazu brauche er diese vielen Spezialbücher und Listen! Dann erklärte er Fred auch gleich, wieviel Arbeit da drin steckte, durch die aufwendigen Rechenwege und dass man daraus auch wieder ganz viel herauslesen konnte. Man könnte damit auch andere Menschen besser verstehen und das sei dann doch ein großer Vorteil im Leben. Das interessierte Fred natürlich brennend und er konnte gar nicht aufhören, die Worte, die dem Onkel über die Lippen flossen, gierig aufzusaugen. Viele dicke Wälzer für Ingenieure, über Biologie und Geschichte fesselten seine Blicke. Dann war da noch ein ganz schmales schwarzes Buch von einer „Madame Blavatsky". Das sei eine russische Philosophin, die die esoterischen Zusammenhänge der Welt erforscht hatte. Aber ab da verstand Fred überhaupt nichts mehr. Philosophie, Esoterik - damit wollte er sich lieber später noch einmal befassen. Fred sah, dass auch Bilderbücher wie zum Beispiel ‚Das Kamasutra' oder ‚Max und Moritz' zu entdecken waren. Wobei er das Letztere weitaus interessanter fand, als die „komisch verrenkten Bilder" des Kamasutra! Ein besonders großes und dickes Buch war mit „Südafrika" beschriftet. Der Onkel nahm es heraus und klappte es auf. Es war ein Buch mit ganz vielen eingeklebten und teils sehr vergilbten Fotos. Bilder von seinen Reisen in Südafrika und von der Wüste in Namibia. Da waren sogar schwarz/weiße Fotos von den Kolonialkriegen in Südwestafrika und von deutschen Generälen mit nackigen Negerinnen im Arm. Fred schaute fragend, aber der Onkel deutete an, das sei etwas kompliziert zu erklären. Das machen wir beim nächsten Mal. Insgesamt war Fred hingerissen von den Schätzen in des Onkels Bücherregal. Fred entzifferte auf den Buchrücken noch mühselig Namen, die er nie gehört hatte. Viele waren auch in ganz fremdartigen Schriften. So verschnörkelt oder ganz eckig, jedenfalls ganz anders als im Lesebuch. Sein Herz klopfte inzwischen so laut, dass er meinte, der Onkel müsse es hören. Wenn er auch vieles nicht verstand, war ihm doch eines klar: Er musste noch oft kommen, sehr viel lesen und lernen. Sonst könnte er die Welt in des Onkels Bücherregal, die er jetzt noch nicht verstand, nie begreifen. Und außerdem brauchte er hier auch keine Angst zu haben! So verbrachte Fred einen für ihn unvergesslichen Nachmittag bei seinem Lieblingsonkel. Es sollte nicht der letzte sein, denn sein Wissensdurst war geweckt worden!

Verloren war die Kinderwelt, die Sehnsucht hat sich vorgestellt!

Endstation Ammersee

„Wo willst Du denn hin?" Ein freundlicher Käferfahrer hatte angehalten. Etwas unwirsch und erstaunt fragte der Mann den schmächtig wirkenden Steppke. Die Sonne brannte auf die Landstraße. Der Teer wurde schon stellenweise weich. Kurz hinter Diessen am Ammersee Richtung München. Fred war schon weit gekommen. Bekleidet mit einer speckigen kurzen Lederhose, einem karierten Hemd und Sandalen wanderte Fred an der schmalen, staubigen Landstraße entlang. Bis Kaufbeuren war Fred mit seiner Schülerkarte im Zug gefahren. Auf der Landstraße nach Kempten, am anderen Ende von Kaufbeuren hatte ihn ein Mercedesfahrer aufgelesen. Der war nicht sehr gesprächig gewesen. Er nur gefragt, wo er denn hinwolle. Fred hatte geantwortet: „Ich will schnell zu meiner Mama nach München." „Und wo kommst Du jetzt her?" „Ich war bei meiner Tante und da gefiel es mir gar nicht mehr! Können Sie mich ein Stück mitnehmen?" „Ja, ich fahre aber nur bis zum Ammersee." So war der zwölfjährige Fred, der immer noch sehr schmächtig wirkte, ziemlich zügig am Ammersee gelandet.

Der nächste, der anhielt, war ein VW-Käferfahrer. Dem schien Freds fadenscheinige Auskunft nicht ganz geheuer. Er fuhr los, aber hakte noch einmal nach: „Wo möchtest

Du denn jetzt wirklich hin?" Fred erklärte weiter im Brustton seiner vollsten Überzeugung: „Nach München-Laim zu meiner Mama." „Und wo genau wohnst du da?" Fred begann zu stottern: „Ja... in München, in Laim halt. Valpichlerstraße oder so, glaub' ich,.... Das... das find ich... das find ich dann schon." Er war zwar schon oft in der bayerischen Landeshauptstadt gewesen, aber wie man zu Tante Ida hinkam, darüber hatte er noch nie nachdenken müssen. Mit der Tram von der Tante zum Stachus und dann wieder zurück nach Laim, wo seine Ersatzmama wohnte, den Weg hatte er sich schon gemerkt. Aber hier am Ammersee fuhr ja gar keine Tram! Und es war noch ziemlich weit. Zweiundfünfzig Kilometer bis München hatte er auf dem letzten Wegweiser gelesen. Der Käferfahrer reimte sich nach und nach alles zusammen: Der Steppke war bestimmt irgendwo ausgerissen und wollte wohl mal eine große Stadt erkunden. Es reichte ihm. Welch großer Herzenswunsch wirklich dahintersteckte, konnte der Fremde natürlich nicht ahnen. -

Noch zu Hause hatte ihn Heike beim Streiten geschubst. Da war er gegen die Vitrine gestolpert. Dabei fiel die schöne Porzellanvase herunter und ging zu Bruch. Er bekam wieder die Schläge, die eigentlich seine Schwester verdient gehabt hätte. Dieses Mal fielen die so heftig aus, dass Fred beschloss, seiner bösen Mama einen Denkzettel zu verpassen und abzuhauen. Da er wusste, dass Papa bestimmte Herztropfen brauchte, steckte er intuitiv dieses gefährliche Fläschchen in seine Hosentasche. Vielleicht könnte man das noch gut brauchen. Denn wenn die weg waren, würden seine Eltern das bemerken und sich allergrößte Sorgen machen. Weil sie sich hoffentlich die Wirkung dieser Tropfen auf ein Kinderherz ausmalen könnten! Also nichts wie weg. Aber wohin abhauen? Da fiel ihm seine Ersatzmama in München ein. Die würde er auf jeden Fall finden. Sie würde ihn bestimmt auch ein paar Tage verstecken und Mama Käthe würde sich dann bestimmt zu Tode grämen! Das war sein vermeintlich genialer Plan!

Der VW-Fahrer überlegte kurz. Das was, sich der Knirps da zusammenreimte, war bei weitem ausreichend misstrauisch zu sein. In Dießen angekommen, lud er Fred erst einmal auf eine Limonade ein. Sie nahmen in der nächsten Gaststätte Platz. Auf dem Weg zur Toilette informierte er die Wirtin von seinem Verdacht. Diese entlockte Fred mit Hilfe einer Tafel Schokolade Name und Heimatadresse. Dann rief sie heimlich die Polizei an. Die örtliche Polizei verständigte sogleich den Polizeiposten in Marktoberdorf. Die Polizisten dort wiederum fuhren dann zu Freds Adresse und sagten seiner Mama Bescheid, denn Freds Eltern hatten noch kein Telefon. Fred bemerkte zwar nichts von alledem, wurde aber langsam misstrauisch. Das dauerte alles viel zu lange und seine Limo hatte er längst ausgetrunken. Er wollte weiter. Die freundliche aber schlaue Wirtin lud ihn noch auf ein Spiel „Mensch ärgere Dich nicht!" ein. Damit traf sie genau ins Schwarze. Da sonst kaum einer mit Fred spielte, war er gleich Feuer und Flamme. Schon dabei zu gewinnen, wurde jäh sein Glück gestört. Äußerst überrascht sah er seine Eltern auf sich zustürmen. „Schau Ma-ma, ich gewinne!" Fred war selig. Schokolade, Limo und gewinnen. Besser konnte es nicht mehr werden. Er realisierte nur sehr langsam, dass sein „Ausflug" jetzt zu Ende war.

Er verstand auch nicht, warum eine so große Aufregung um ihn herrschte. Er hatte nämlich, bevor er ausrissen war, Papas Herztropfen in die Hosentasche gesteckt. Außer dass er seine Eltern hatte bestrafen wollen, hatte er sich nicht dabei gedacht. Seine Eltern hatten das aber bemerkt und sich allergrößte Sorgen gemacht, weil die Wirkung dieser Tropfen auf ein Kinderherz tödlich sein konnte. Deshalb galt deren erste Frage den Tropfen. Fred fühlte sich ertappt und bekam wegen seines Diebstahls schon große Angst vor der zu erwartenden Strafe. Aber vor den vielen Leuten waren seine Eltern noch lieb und freundlich. Er versuchte noch geschwind bei dem Käferfahrer wieder ins Auto zu steigen. Papa jedoch hatte seinen Arm in eisernem Griff. So blieb ihm nur der Einstieg in den elterlichen Käfer übrig. Der Heimweg kam ihm sehr lange vor. Viel länger, als der Ausflug gedauert hatte. Aber er bemerkte auch ziemlich überrascht, dass das Donnerwetter auf das er wartete, auch später noch ausblieb. Sein Verhältnis zu seinen Eltern hatte sich zumindest für die kommenden Tage deutlich geändert.

Mit Speck fängt man Mäuse!

Freds Schulweg ins Gymnasium

Jeden Morgen um halb acht trafen sie sich vor dem Haus. Fred und Werner trugen ihren Ranzen, wie es Elfjährige so manchmal tun, schief an einer Schulter baumelnd. Sie schlenderten gemütlich an der Schlepperfabrik Fendt vorbei. Der Bahnhof war nur noch fünf Gehminuten entfernt. Meistens erreichten sie die Sperre erst, wenn das kleine Züglein schon am Bahnsteig wartete. Es bestand aus einer kleinen Dampflok BR80 mit der Nummer 014 und drei rostigen „Donnerbüchsen". So hießen die alten Wagen schon bei der Reichsbahn. Die Holzbänke der III. Klasse waren aus einzelnen Latten zusammengeschraubt und ziemlich hart und unbequem. An jedem Wagenende bot eine kleine Plattform einen Übergang mit Geländer. Damit hatte der Schaffner die Möglichkeit, zur Fahrkartenkontrolle von Wagen zu Wagen zu gehen. Und wenn die Schüler als Monatskarteninhaber diese manchmal vergaßen mussten die Schaffner als Beamte, dann auch „amtlich" handeln. Das kostete jedes Mal fünf Mark und wurde oft vom spärlichen Taschengeld abgezogen. Außerdem erhielten die Eltern dann bald einen schicken „Blauen Brief", was sich dann auch wieder indirekt aufs Taschengeld auswirkte.

In harten Wintern passierte es morgens öfter, dass die Dampflok BR 80 kurz vor Marktoberdorf stecken blieb. Dann wurde der starke Eisenbahnschneepflug aus Füssen angefordert um die Leuterschacher Schneewehe wegzuräumen. Das konnte den ganzen Vormittag dauern und die Fahrt zur Schule fiel aus. Die zwölf Kilometer bis Kaufbeuren wurden dann für die, die nicht schwänzen wollten, nicht nur zu einer Herausforderung, sondern auch jedes Mal zu einer Art Glücksspiel. Natürlich hing das auch stark vom Wetter und vom Straßenzustand ab. Aber wenn die Hausaufgaben gemacht und die Straßen schön glatt waren, konnten Fred und Werner, die eigentlich gerne zur Schule gingen, nicht widerstehen: die Schlittschuhe an die Stiefel schrauben. Den schweren Ranzen auf den Rücken schnallen und lospurten. Wenn man geschickt war, hing man kurz darauf an einem Kieslaster und ließ sich ziehen. Das war manchmal ziemlich rau und ging keineswegs immer glatt. Vor allem, wenn auf den wichtigen Straßenkreuzungen geräumt oder gestreut war. Dann stoppte das Rutschen abrupt! Danach waren nicht nur die Knie, sondern manchmal sogar die Nasen, blutig. Aber das hatte auch sein Gutes - zurück in der Klasse waren sie dann die Helden! Sogar „Nunne", so hieß der Mathelehrer, weil er immer „nun nee" sagte, gab dann den Verletzten einen Extrapunkt.

Normalerweise kam der kleine Zug von Füssen nach Marktoberdorf aber ohne Störung durch. Dann lief alles im ‚Alltagstrott' ab. Trotzdem war es meistens knapp. Die fünf Minuten für den Weg bis zum Bahnhof erwiesen sich regelmäßig als zu kurz. Der Grund war: Am Bahnübergang, auf der anderen Seite des Bahnhofs, pfiff die Lok jedesmal. Das war für Fred und Werner dann das Signal, Gas zu geben. Dann erreichten die beiden rechtzeitig die enge Bahnsteigsperre. Die Zugangskontrolle zum Bahnsteig aber dauerte! Wenn dann endlich alle den Bahnhofsvorsteher passiert hatten, gab dieser das Abfahrtsignal ZP4 hob seine grüne Kelle und die kleine Lok schnaufte los. Zu diesem Zeitpunkt war dann meist schon der „Kartentisch" präpariert. Ein Ranzen wurde auf den Knien von vier Schülern so platziert, dass die Spielkarten eine Unterlage hatten. „66" hieß das tägliche Spiel von „Hochzeiten und Niederlagen", das die zwanzigminütige Schaukelei bis Kaufbeuren verkürzte. Für die, die nicht mitspielten, war diese Zeit auch die Gelegenheit, jeden Morgen schnell die Hausaufgaben, die irgendein Streber gelöst hatte, abzuschreiben. Das krakelige Geschreibsel verriet zwar nicht die Herkunft der Arbeit, aber war immerhin mehr wert als eine gute Ausrede! Da hatte man wenigstens etwas in der Hand. Und der Eintrag ins Klassenbuch wurde knapp vermieden.

Für die „Auswärtigen" führte der Weg zur Schule, vom Bahnhof kommend, durch den Stadtpark. Der Parkweg schlängelte sich entlang der Wertach. Nun kam es darauf an, ob Sommer oder Winter war. Je nach Jahreszeit variierten die kleinen Schulwegs-Abenteuer. Im Sommer wurde der Heimweg im Stadtbad, direkt an der Wertach gelegen, unterbrochen. Nachdem sie sich an der Sonne getrocknet und wieder aufgewärmt hatten, fuhren die „Marktoberdorfer" eben mit dem nächsten Zug nach Hause. Oft ergab sich auch, diesmal näher an zu Hause, ein gemeinsames Bad in der kalten Wertach bei Thalhofen.

An den Wochenenden war es - natürlich wie meistens barfuß - von Marktoberdorf ziemlich weit, bis zur Wertachschleife zu wandern. Der Spaß beim Baden in der Wertach lohnte viele Mühen. Für diesen Spaß borgte sich Fred oft den alten Motorradschlauch von Papas altem Motorrad. Fest zusammengebunden mit Werners Traktorschlauch ergab das Gefährt einen tollen Schleppverband. Gemächlich trieben sie dann flussabwärts durch die vielen gurgelnden Wertachschleifen. Später erinnerte sich Fred noch oft an diese unvergesslichen Stunden an und in der Wertach. Sicher lockte diese Gelegenheit immer auch ein paar Mädchen. Möglichst hübsche, die sich trauten, sich mit dem voll besetzten, schaukelnden Gespann auf der Wertach treiben zu lassen. Die lauschigen Sandbänke lockten zum Sonnen und Verweilen. Frösche, Fische und sogar Kreuzottern waren da im Interesse der Jungs nur noch zweitrangig. Die meiste Gaudi brachte es, wenn ein kalter, glitschiger Frosch auf einem Bikini platziert werden konnte! Da konnte es leicht passieren, dass das ganze ‚Behelfsschiff' - natürlich rein zufällig- kippte. Viel Geschrei und viele Gelegenheiten zum Retten und Trösten waren so garantiert

Im Winter dagegen dominierte das beliebte Bobbahn-Spiel. Im schneebedeckten Abhang längs des Bachweges durch den Stadtpark konnte man mit einem Füller eine tiefe, serpentinenreiche Rille in den weichen Schnee drücken. Am Ende der langen Rinne noch eine kleine Schanze einrichten. Fertig war die Super-Bobbahn. Jetzt kam es natürlich darauf, an einen „gut rutschenden Bob" zu wählen. Am besten eigneten sich Füller. Die hatten genügend Gewicht und waren an den Enden schön rund. Leider überstanden diese „Bobs" diese Tortur nur selten. Die - bald blauen - Spuren in der Bahn zeugten vom langsamen Füllersterben. Dazumal gab es noch Füller, bei denen die Tinte aus einem Tintenglas hoch gepumpt wurde. Aber in der Schule konnte man notfalls ja immer noch mit dem Bleistift schreiben. (Kugelschreiber gab es zu dieser Zeit noch keine.)

Oft faszinierte Fred auch das ESC-Eishockeystadion im Stadt-park von Kaufbeuren. Nach den offiziellen Spielen durften die Kinder auf der schönen Eisfläche auch schon mal Schlittschuh laufen. Dafür hatte Fred trotz der üblichen Fülle im Ranzen oft noch Platz für seine Anschraubkufen. Die wurden noch mit Hilfe eines kleinen Vierkantschlüssels an den Stiefelsohlen fest-geklemmt. Los ging's! Dabei war es gar nicht so selten, dass sich danach die Ledersohlen der gequälten Winterstiefel mit großem Gähnen in einen gnädigen Schuhhimmel verabschiedeten! Fred hätte gern mal ausgerechnet, wieviel Kraft so eine Kufe an der Sohle riss. Aber im Matheunterricht beim „Nunne" lernten sie außer Geometrie höchstens mal, den Inhalt und Umfang von Kreisen, Quadraten und Kegeln zu berechnen. Die Begriffe wie „Festigkeit" und „Biegemoment" begegnete ihm erst über vierzig Jahre später wieder im ersten Semester des Ingenieurstudiums

Wer langsam geht, kommt auch ins Ziel!

Der Erbe

Werni balancierte wieder einmal freihändig. Er hatte doch so große Schwierigkeiten, mit seinen durch eine frühere Kinderlähmung geschwächten Armen den Fahrradlenker zu greifen. Eigentlich sollte Werner überhaupt nicht Fahrrad fahren, aber er konnte es inzwischen fast besser als Fred. Werner und Fred sannen auf ein neues Abenteuer. Mit ihren alten knarrenden und quietschenden Fahrrädern wollten sie bis zur Wertach-schleife fahren. Dort, wo der gezähmte Bach das außenliegende Ufer so schön unterhöhlt hatte. Hier gab es auch eine reiche und vielfältige Fauna. Vor allem kleine Reptilien. Mit Fröschen konnte man so viel anstellen.

Auf dem Weg durchs Dorf kamen sie bei ihrem Schulkameraden Ludwig vorbei. Ludwigs Eltern waren immer mit ihrer gut gehenden Spenglerei beschäftigt. Ludwig, ihr einziger Sohn, war nicht nur ein sehr geschätzter Klassenkamerad, sondern auch der zukünftige Geschäftserbe. Seine Berufsaussichten waren also von vornherein gesichert! Außerdem war Ludwig ihr schneller und zuverlässiger „Lieferant" für Bastelmaterial. Immer wenn sie etwas Blech oder Rohre brauchten, half er aus. Ludwig war nicht nur deshalb sehr beliebt. Er sah auch sehr sportlich aus und war immer gut gelaunt. Fred und

Werni beschlossen, Ludwig zu fragen, ob er sie nicht auf ihren gemeinsamen Ausflug begleiten wollte. Ludwig war nicht zu Hause. Dann konnte er nur in der Werkstatt sein. Wer hätte das gedacht? Ludwig half oft seinem Vater in der Werkstatt. So auch heute. Werni machte ihm Lust auf ein neues Abenteuer. „Wenn ihr noch ein wenig wartet, komm ich mit!", er klang hoffnungsvoll. „Ich will nur noch geschwind ein Rohr zum Kunden bringen. Dann bin ich für heute fertig." Nun wurde es vielleicht doch noch etwas mit dem Ausflug zur Wertach.

Werner und Fred stellten ihre Fahrräder an den Gartenzaun und setzten sich auf ein kleines Mäuerchen am Gehweg direkt vor der Werkstatt. Ludwig schnappte sich sein schönes neues Fahrrad, das das letzte Christkind gebracht hatte und kletterte mit einem vielleicht vier Meter langen Wasserrohr auf der Schulter auf seinen Sattel. Mit der linken Hand hielt er es auf der Schulter fest und balancierte los. „Bis gleich!", rief er noch und fuhr von der Werkstattausfahrt auf die Straße. Im gleichen Moment passierte ziemlich flott ein Lastwagen mit Anhänger die Zufahrt zur Werkstatt. Ludwig streifte mit dem Rohr den Lastwagen. Es drehte ihn wie einen Kreisel. Er stürzte vom Rad. Das Rohr wurde wie von einer Riesenfaust verbogen. Ludwig purzelte weiter wirbelnd zwischen Lastwagen und Anhänger auf die Straße. Seltsam verkrümmt lag er nun bäuchlings auf der Strasse. Ein Rad des Lastwagenanhängers fuhr über seinen Hals. Ludwigs Kopf rollte weg wie ein gekickter Fußball. Es spritzte Blut aus dem Halsstumpf. Der Lastwagen bremste quietschend und kam zum Stehen. Fred und Werner saßen wie gelähmt da und starrten wortlos auf das Geschehen. Sie konnten weder sprechen noch sich bewegen. Sie nahmen kaum Notiz von den vielen Menschen, die plötzlich wie wild umeinander wuselten. Im Hintergrund registrierten sie fast wie unbeteiligte Zuhörer Lärm, Geschrei und Weinen. Erst ein Wahnsinnsschrei von Ludwigs Vater später löste die Lähmung und die zwei begannen loszurennen. In Freds Kopf wirbelten Bilder von Ludwig in der Bank sitzend, Ludwig beim Schwimmen und am Schießstand beim Rummel. Und jetzt? Ludwig war nicht mehr. Er war nur noch ein kopfloser Klumpen auf der Straße. Nun war er kein Kamerad mehr. Oder doch? Waren sie womöglich schuld an dem Unfall, weil sie ihn überredet hatten mitzukommen? Sie hatten ihn vielleicht in diese gefährliche Situation hineinmanövriert. Fred war total verwirrt. Da tauchte es wieder auf, dieses furchtbare Gefühl verlassen zu werden. Wieder hatte ihn ein wichtiger Mensch verlassen. Er konnte nicht mehr geordnet denken und das Fühlen war viel zu schmerzhaft. Er wollte nur weg, schnell weg. Die ganze Werkstattmannschaft kam nun herausgestürzt. Ludwigs Papa fing an, wie ein Wahnsinniger auf den Lastwagenanhänger einzuschlagen. Immer mehr Leute drängelten heran. Blut, Blut - da gab es etwas zu schauen!. Viele schrieen durcheinander und einige weinten auch. In diesem heillosen Durcheinander war nichts mehr zu verstehen. Werner und Fred schnappten sich noch halb benommen ihre Fahrräder. Das Tatütata der herannahenden Polizei klang wie die Fanfaren aus Jericho. Solche Gedanken kamen bei Fred hoch und er bekam Angst. Angst vor der Obrigkeit, vor dem Verhör, dem sie sich bestimmt stellen mussten. Flucht war oft seine erste intuitive Reaktion auf das einfach Unfassbare, das hier geschehen war. Er wollte sich all dem nicht mehr stellen. „Hier können wir nichts mehr machen, komm wir hauen ab", rief Werner Fred zu. Sie dachten wie meistens das Gleiche. Fred hörte nur noch auf seinen Freund. Werner war sein Fels in der Brandung. Fred wurde ruhiger. Hastig und noch ganz zittrig stiegen sie wieder auf ihre Räder. Erst einmal Abstand gewinnen. Der Abenteuernachmittag hatte nun anders stattgefunden, als sie es sich erträumt hatten. Nun fehlte plötzlich etwas. Das Leben konnte doch nicht einfach so weitergehen! Jetzt musste doch die Welt stehen bleiben oder wenigstens von irgendwoher noch ein Knall kommen! - Es knallte nicht. Im Gegenteil, die Sonne schien und die Autofahrer drängelten schon wieder. Fred vernahm sogar erstaunt einen Vogel, der laut und deutlich seine Melodie übte. Es war ihm unbegreiflich.

Das Unglück kommt leise und unangekündigt!

Ein Unglück kommt selten allein

Werner schaukelte bedenklich hin und her, ständig bemüht, den Lenker richtig zu ergreifen. In der Folge seiner Kinderlähmung hatte er wirklich große Probleme mit seinen kraftlosen, dünnen Armen zuzufassen. Fred beobachtete seinen besten Freund mit großer Sorge. Fast panisch waren sie vom letzten Unfall, bei dem ihr Schulkamerad Ludwig getötet wurde, geflüchtet. Und meistens, wenn man etwas sehr eilig macht, geht es auch schief. Seine Gedanken wirbelten immer noch um diesen scheußlichen Schicksalsschlag. Wie das lange Rohr, das Ludwig sein Schulfreund, fahrradfahrend auf der Schulter balancierte, unter dem Reifen des Lastwagens verschwand. Immer noch sah er , während das Rohr verbogen wurde, überall das Blut spritzen. Die Schreie der daneben stehenden Menschen hallten noch immer in seinen Ohren. Er fühlte noch wie ihm das Entsetzen über den Verlust seines Schulkameraden durch seine Eingeweide kroch. Das Geschehen wirkte nach. Ludwig war tot. Einfach weg. Wo blieb der Knall, den Fred insgeheim erwartete. Plötzlich: PENG! Da war er, der Schlag! Wie wenn ein großer Hammer in eine Motorhaube einschlagen würde. Eine Riesenfaust hob Fred von seinem alten Fahrrad und er erlebte noch einmal den Abflug vom Schanzentisch wie er ihn mit Werner am Siebenbichel genossen hatte. Der einzige Unterschied schien das Geräusch. Statt der Ski, die brachen, klirrte dieses Mal Glas. Fred war in seiner momentanen Verwirrung mit seinem Fahrrad gegen eine glänzend verchromte Stoßstange geprallt. Die gehörte zu einem entgegenkommenden VW-Käfers. Er flog in hohem Bogen über den Lenker seines Rades. Prallte auf die linke Seite der Windschutzscheibe und setzte seinen unfreiwilligen Flug mit einem eleganten Salto fort. Eine gut im Saft stehende Buchsbaumhecke am Strassenrand fing ihn sanft auf. Hätte Fred diese außergewöhnlich artistische Nummer beabsichtigt, wäre sie ihm bestimmt nicht gelungen!

Nachdem Fred sich, wie ein verirrter Tennisball, abgerollt und auf den Gehweg gelegt hatte, rappelte er sich hoch und stand erst einmal ziemlich benommen da. Der blasse Käferfahrer, der ein sorgenvolles Gesicht aufgesetzt hatte kam näher. Wo war sein Fahrrad? Zu Schrott verbogen lag das Häufchen Stahlrohr auf der Strasse. Freds zweiter Gedanke durchzuckte ihn: Wie bring ich das bloß Papa bei? Sein Vater war seine Schreckgestalt, die ihn virtuell ständig begleitete! Sein nächster Gedanke galt Werner: Was war mit ihm passiert? War er auch vom Rad gestürzt?

Dann erst nahm er den blass gewordenen Käferfahrer wahr, dem wahrscheinlich der größte Schreck in die

Glieder gefahren war: „Hast du dir weh getan?" Der Autofahrer schaute sehr besorgt,. Er hatte ja Freds unfreiwillige, artistische Einlage unmittelbar miterlebt. Eine kleine blutende Abschürfung am Knie, sonst war bei Fred nichts zu sehen. Aber jetzt wo der Fahrer ihn fragte, merkte Fred erst, dass ihm eigentlich alles weh tat! Und schwindlig war ihm auch ein bißchen. Der blasse Herr machte sich gleich noch mehr Sorgen. Fast im gleichen Moment kam ein Mann eilig von der anderen Straßenseite herübergelaufen. Er hatte einen Knall gehört und wollte, da er Arzt sei, fragen ob er etwas helfen könne. Inzwischen trudelte auch Werner wieder ein. Er war durch sein starkes Bremsen unsanft von Rad abgestiegen. Werner hatte das Auto zwar nicht berührt, aber beide Knie und den Ellenbogen verschrammt. Da traf es sich ja gut, dass der Doktor vor Ort auch gleich nach ihm schauen konnte. Der war inzwischen noch einmal geschwind zu seinem Haus gelaufen und kam gerade mit seinem Köfferchen, auf dem ein rotes Kreuz leuchtete, wieder angespurtet. Er versorgte beide Jungs mit Pflastern und bestand darauf, dass Fred wegen des Verdachts auf Gehirnerschütterung noch im Krankenhaus untersucht werden würde.

Nun warteten alle noch gemeinsam auf die Polizei. Fred dachte nach: Das konnte dauern. Die waren ja bestimmt noch eine Weile mit Ludwigs Unfall beschäftigt. Das betraf natürlich auch das Sanitätsauto. Gott sei Dank waren sie wenigstens in der Zwischenzeit versorgt worden. Werner nahm Freds Hand. Er blickte ihm tief in die Augen. Das genügte. Augenblicklich kam Fred zur Ruhe. Ein Gefühl der Geborgenheit überflutete ihn und verlieh im wieder die nötige Sicherheit: Das Schlimmste war vorüber! Dankbar streichelte er Werners knochige Hand. Endlich kam auch ein Streifenwagen. Das waren zwar fremde Polizisten aus Kaufbeuren, aber die konnten ihre Arbeit offensichtlich genauso gut machen, wie ihre Kollegen aus Marktoberdorf, die Fred schon kannte. Sie brachten sogar ihn und seinen Freund noch mit dem Streifenwagen zum Krankenhaus. Da war nur schade, dass die Fahrt so kurz war. Das Krankenhaus lag nämlich gleich um die Ecke. Sie wären so gern noch ein Stück weiter mitgefahren!

Der nächste Schultag prägte das Unfallereignis noch einmal tiefer in Freds Erinnerungen ein. Nicht nur, dass Ludwig nun nicht mehr da war, nein, es schien so, als sei er immer noch mitten unter ihnen präsent. Nur sein Platz in der Bank war wirklich leer. Die meisten Mitschüler waren entsetzt und redeten pausenlos von ihm und über ihn. Es war unglaublich wieviele unvergesslichen Erlebnisse mit Ludwig jedem einfielen. Andererseits empfand es Fred als erschreckend, wie viel er von seinen Erlebnissen mit seinem Kameraden doch schon wieder vergessen hatte. Da nahm ihn auch noch ein Gedanke gefangen: ob seine Mitschüler genauso reagieren würden, wenn **er** jetzt nicht mehr da wäre. Ob auch für ihn, die Kraft der Erinnerung wirken würde? Fred begann zu zweifeln. Denn sein eigener Unfall vom Vortag, den er natürlich auch bekanntgegeben hatte, war für keinen seiner Mitschüler auch nur ein Wort wert!

Aber kleinlich war das Glück schon immer! Auf seine Punkte wartet Fred noch heute....

Gott hilft denen, die sich selbst helfen!

Café Viereck

Nach der Schule oder anlässlich eines Schulfestes besuchten Fred und seine drei Schulkameraden aus Marktoberdorf manchmal die Gaststätte Rosenau. Eine „alteingesessene" Wirtschaft mit einem großen Saal und bewirtschaftetem Garten. Hier im Garten unter den blühenden Rosenbögen zu sitzen, war schon ein Erlebnis für sich. Aber Fred machte sich nichts aus wuchernden Rosengirlanden. Trotzdem vergaß er deren intensiven Duft nie mehr.

Neben der Rosenau stand ein mächtiger viereckiger Turm mit Zinnen rund um das obere Ende. Auf Nachfrage wurde erklärt, dass der Turm, der „Café Viereck" genannt wurde, eigentlich als Gefängnis gedient hatte. Deshalb auch die vergitterten kleinen Fenster. Wer weiß, ob es dort auch mal wirklich Kaffee gegeben hat? (Zumindest deutete der Name darauf hin.)

Die ‚Vierer-Bande' lutschte unter den Rosenbögen gerade genüsslich an einer Kugel Eis. Sie überlegten, was man heute noch anstellen könnte. Da kam dem inzwischen 13-jährigen Fred die rettende Idee: Wir knacken heute den Kaugummiautomaten! Und natürlich wusste Fred auch wie! Ein Zehnpfennigstück einwerfen, die Schublade herausziehen und langsam wieder einschieben. Wenn es das erste Mal knackte, musste man mit einem kräftigen Gegenstand die Schublade wieder heraushebeln. Fred war natürlich vorbereitet und hatte den passenden Schraubenzieher im Ranzen. Damit überwand er die eingebaute Schiebesperre. Bald purzelten die bunten Kaugummikügelchen in Massen heraus! Gierig hatten sich die vier alle Taschen vollgestopft. Schnell die kleine Schublade wieder zugeschoben. Dann war der Spuk vorüber und alles sah wieder aus wie vorher.

Die Buben freuten sich und grölten fast übermütig. Dieses ungewohnte „Freudenfest" ließ eine, just in diesem Augenblick vorbeikommende ältere Frau in ihrem Schritt innehalten. Sie vermutete, dass mit der ungewohnten Fröhlichkeit der Kinder irgendeine Gaunerei im Gange war. Ziemlich laut keifte sie: „Lasst Euch bloß nicht erwischen, sonst landet ihr auch noch im Café Viereck!" Aber wer wollte sich schon erwischen lassen? Außerdem hätte man dann gewusst, wie es wirklich im „Café Viereck" aussah! Ihr guter Rat verhallte ziemlich ungehört. Doch vorsichtshalber zogen die Bengel es vor, sich sofort auf getrennten Wegen in Richtung Bahnhof zu trollen. Ohne sich noch einmal umzuschauen, erwischten sie gerade noch den Zug nach Hause. Da waren sie auf jeden Fall erst einmal in Sicherheit. Man weiß ja nie!

Durch Fehler wird man klug, d'rum ist einer nicht genug!

Onkel Bernd

Tante Elfie, Papas Schwester, war mit einem Westfalen verheiratet. Dadurch hatte Fred noch einen „Onkel". Zwei von Vaters Brüdern waren nicht mehr aus dem Krieg heimgekehrt und einer war von einer Schweizerin geheiratet worden. Dieser lebte, leider sehr beschäftigt, in der Schweiz. Und weil die Eidgenossen ihren ersten Krieg schon lange überwunden hatten und lieber mit Geld handelten, hielten sie sich aus den europäischen Problemen raus.. Daher kam Onkel Edmund auch nie ins Allgäu um seine seine Restfamilie zu besuchen. Außerdem war die Schweiz so weit weg, dass man nur für Ferien dorthin fuhr. Deshalb war auch dieser Onkel unerreichbar für Fred.

Aber wenn Freds Papa manchmal sein altes Elternhaus in Aitrang besuchte, dann traf Fred auch den immer gemütlichen,„Kumpeltyp" Onkel Bernd, der jetzt im ehemaligen Haus der Eltern von Freds Vaters wohnte. Er renovierte in seiner Freizeit ständig an dem alten Haus herum. Er wirkte auf Fred riesig, aber doch beruhigend. Das lag sicher daran, dass er hundertprozentig verlässlich war und immer Wort hielt. Das hieß für Fred, Onkel Bernd war kalkulierbar. Was ihn außerdem sehr beeindruckte: Er konnte wie sein Papa alles reparieren. Im Unterschied zu Freds Vater tat er das auch immer gleich. Und das Reparierte sah hinterher auch schöner aus. Freds Vater dagegen arbeitete, wenn er überhaupt Zeit dafür fand, immer nur so viel, dass es wieder funktionierte. Egal, wie das hinterher aussah! Aber das Allerbeste an Onkel Bernd war, dass er Beamter bei der Eisenbahn war. Während seiner Arbeit nannten ihn die Leute, die ihm begegneten „Herr Fahrdienstleiter". Er war im Aitranger Bahnhof „Mädchen für alles" und musste viele Arbeiten ganz allein bewältigen. Aber er war dann wer! Fred beobachtete dieses Phänomen ganz genau, denn von anderen anerkannt zu werden, war für Fred etwas ganz Besonderes! Und in diesem Fall hatte auch die Tante etwas davon: Sie wurde dann oft auch mit „Frau Fahrdienstleiter" begrüßt. Auf Fred wirkte das ziemlich lustig, aber früher war das halt so. Und Fred war fast ein bißchen neidisch.

Trotz aller Privilegien war das Geld immer knapp. Onkel Bernd, als mittlerer Beamter, bekam leider nicht so viel, wie ihm bei der vielen Arbeit sicher zugestanden hätte. Damit sie sich aber ab und zu etwas zusätzlich leisten konnten, arbeitete die Tante noch stundenweise in einer Fabrik. Tante Elfi war dadurch ganz mager und ziemlich runzlig. Man sagte zwar immer, das käme vom vielen Lachen, aber Fred vermutete als Ursache eher das Rauchen. Onkel Bernd rauchte nur wenig. Eher einmal vor

Wut über die wieder einmal so uneinsichtigen Beamten in der Bahndirektion. Da musste er sogar einmal hin zum Rapport. Anschließend war er zu einem ganz kleinen Bahnhof versetzt worden. Da hatte er seine Ruhe und durfte vieles selbst bestimmen.

Während dieser Zeit, Freds Familie wohnte immer noch in Marktoberdorf, zog Onkel Bernd mit seiner ganzen Familie nach Maubach. Ein winziger Bahnhof an der Strecke zwischen Füssen und Marktoberdorf. Seine Dienstwohnung lag icht weit vom Bahnhof in einem alten Mühlhaus an der Wertach. Da gab es für seine kleinen Töchter Reni und Christine mannigfaltige Spielmöglichkeiten. Oft am Bach, denn Wasser hatte immer eine gewisse Faszination. Aber auch die sanft gewellten Hügel der bewaldeten Landschaft entlang des Wertachtals versprachen immer neue Abenteuer. Onkel Bernd war jetzt der Chef in Maubach. Sonst war ja keiner da. Das bedeutete, dass er sich um fast alles selbst kümmern musste: Fahrdienstleiter. Gepäckannahme, Fahrkartenverkauf, Weichen und Signale stellen und zu Hause noch im Haushalt helfen. Wenn Fred zu Besuch war, durfte er beim Fahrkartenverkauf helfen. Das tat er viel lieber als mit den Mädchen zu spielen. Da durfte er so kleine Plättchen aus dicker Pappe sortieren, in einen dicken Metallarm stecken und stempeln. Viele davon hatten dazu noch farbige Streifen. Längs, quer oder schräg. Deren wirkliche

Bedeutung erschloss sich ihm noch nicht aber er wusste: erst wenn die Pappplättchen später gestempelt waren, wurden sie zu Fahrkarten. An der Sperre wurde dann mit einer Zange ein kleines Loch zum entwerten hineingezwickt. Das große Geheimnis dabei war ein kleiner Kontrollstempel, der gleichzeitig auf der Rückseite noch das Datum auf den Pappstreifen druckte! So konnte der Schaffner später jederzeit nachvollziehen wann das Loch gezwickt worden war!.

Am spannendsten für Fred waren die langen, romantischen Dienstgänge im Gleis. Immer wenn die Sonne unterging und die Welt in Zwielicht der Dämmerung getunkt wurde, wirkte alles irgendwie leiser. Fred kam es dann immer so vor, als hielten sogar die Vögel für kurze Zeit den Atem an. Diese Abende waren stimmungsvoll und beruhigend. Fred genoß die Stille, die nur durch das gleichmäßige Klacken der Schritte auf den Holzschwellen unterbrochen wurde. Er brauchte an des Onkels Seite auf nichts zu achten und fühlte auch in seinem hintersten Winkel keine Angst. Der so viel Kraft ausstrahlende Onkel schien ihn mit Wärme zuzudecken und gleichzeitig zu beschützen. Wenn sie dann die Einfahrsignale erreichten, hieß es zunächst: Herunterkurbeln der Signallaternen, aus einem Messing-Blechkännchen Petroleum in die Signalleuchte nachfüllen, den Lampendochtstreifen anzünden und die leuchtende Laterne wieder hochkurbeln. Und das auf beiden Seiten des Bahnhofes. Zweieinhalb Kilometer hin und zurück, das strengte an. Aber mit Onkel Bernd zu wandern war durch nichts zu überbieten! Ohne Erwartungsdruck und ohne immer auf der Hut sein zu müssen. Einfach vieles wahrnehmen zu dürfen und sich daran erfreuen zu können. Vielleicht gerade deshalb verging die Zeit bei Onkel Bernd leider immer schneller als anderswo.

Wer im Licht wandert, stolpert nicht!

Ferien im Bahnhof

Onkel Bernd war als Bahnbeamter nach Backnang versetzt worden. Es war im Sommer 1952. Für Fred, nun zwölf Jahre alt, die günstige Gelegenheit, seine Ferien in Backnang auf einem Bahnhof zu verbringen. Wenn man es genau nimmt, waren Freds Eltern ja froh, ihren „missratenen" Sohn für eine Weile los zu sein. So wurde auch Onkel Bernd „informiert". Aber er, in seiner freundlichen und gutmütigen Art gab allen Menschen immer eine Chance. So wurde Fred ohne Vorbehalte in des Onkels Familie aufgenommen. Er freute sich indes schon wieder auf viele neue Gelegenheiten und Abenteuer.

Die Sommersonne brannte und das Gras auf den Wiesen dürstete vor sich hin. Fred hatte schnell einige Buben aus der Umgebung des Bahnhofs kennen gelernt. Sie planten sich gemeinsam Fackeln für den Abend bauen. Dazu rissen sie ganze Bündel von hohem Gras aus und banden diese mit Schuhbändeln an Stöcken fest. In der Mitte mussten auch ein wenig dickere und längere Halme sein, damit es gleichmäßiger brennen konnte. Eine Fackel wollten sie schon mal vorab testen. Zielgerichtet zog Robert Streichhölzer aus seiner unendlichen Hosentasche. Das dürre Gras brannte sofort wie Zunder. Das zusammengebundene Büschel loderte so schnell und intensiv, dass es unkontrolliert zerfiel. Die noch brennenden Halme schwebten herunter auf die trockene Wiese. Die fing auch sofort Feuer. So schnell, dass es einfach unmöglich war, alle Flämmchen wieder auszutreten. Obwohl sich alle drei mächtig ins Zeug legten, fraß sich das Feuer rasend schnell weiter. Es qualmte fürchterlich und Fred, Robert und Alwin kamen heftig hustend ins Schwitzen. Die Flammen erreichten schon fast die nahe Straße. Da näherte sich, mit tatü tata, überraschend schnell die Feuerwehr. Irgendjemand musste die Jungs und den starken Rauch wohl beobachtet und sofort die Feuerwehr gerufen haben. Die total überraschten Jungs beschlossen erst einmal eilends hinter dem nächsten Gebüsch zu verschwinden.

Die Feuerwehr spritzte eine ganze Menge Wasser, bis die brennende Wiese wieder gelöscht war. Ausgerechnet während dieser Aktion schaute Onkel Bernd aus dem Fenster. Er entdeckte Fred bei den Missetätern. Das allein war verdächtig genug. Als Fred dann später wieder zurückkam, zog ihm der Onkel schweigend die Ohren lang. Fred wusste genau warum! Er entschuldigte sich auch, obwohl er das dürre Gras gar nicht angezündet hatte. Insgeheim fühlte sich Fred ungerecht behandelt und sann auf Rache. Nun scheint dieses Ansinnen unfair zu sein, aber sein ‚Gerechtigkeitsgefühl' hatte wahrscheinlich einen gehörigen Knacks. Durch seine vielen Erfahrungen, bei denen er für die Missetaten seiner 'kleinen' Schwester bestraft wurde. Seine Racheversuche waren in diesen Fällen stets ins Leere gelaufen. Also sollte dieses Mal, quasi stellvertretend, der Onkel ‚büßen'! Dass dieser Schnellschuss äußerst nutzlos war und eigentlich nicht dem Onkel sondern der Bahn schadete war ihm nicht bewusst!

Wie hätte er damals in einem Bahnhof überhaupt etwas anstellen sollen? Das einzige, was für einen Steppke, wie Fred überhaupt zu bewältigen war: eine handbetriebene Weiche an einem Ausweich- und Ladegleis umzulegen. Das ging zwar ziemlich schwer, fiel aber erst einmal gar nicht direkt auf: denn damals wurde der Fahrweg noch nicht überwacht. Sein Plan war: Wenn ein Güterzug mit den frisch beladenen Wagen wieder in Fahrgleis abbog, sollte dieser auf den Prellbock am Ende des Gleises fahren. Genau das geschah auch. Der Schaden hielt sich Gott sei Dank in Grenzen, weil der Rangierer gut aufgepasst hatte. Der Zug konnte fast noch rechtzeitig anhalten. Nicht nur der eiserne Prellbock war ein bißchen verbogen - sondern auch Freds Gewiesen. Sein Gewissen meldete sich. Er wurde zwar verdächtigt, aber er sah durch seine Statur so schwächlich aus, dass ihm Onkel Bernd diese Missetat gar nicht zutraute. Die Weiche musste wohl doch einer der Bahnarbeiter versehentlich umgelegt haben. Fred schien seinen Trugschluss langsam zu begreifen. Doch letztendlich rettete ihn auch dieses Mal wieder sein riesiger Dusel.

Womit man umgeht, das hängt einem an!

Die Notbremse

Das nächste Ereignis fand am nächsten Samstag statt. Nach der Abendandacht strömten die Kirchenbesucher auf den an die Kirche angrenzenden Friedhof. Im stillen Gedenken an die verstorbenen Angehörigen wurden auf den Gräbern Kerzen angezündet. Fred kannte niemanden hier. Er schaute sich neugierig um und entdeckte ein wunderschön rot leuchtendes Grablicht. So eine Laterne hatte er sich schon lange gewünscht. Er wusste zwar nicht so genau wozu, aber die musste er haben. Nach Beendigung der Andacht wanderte die Familie wieder still in Gedanken versunken zum Bahnhof zurück. Freds Gedanken kreisten um die schöne rote Laterne. Ihr Bann ließ Fred nicht mehr los. Wie gerne hätte er auch mal eine eigene rote Laterne gehabt. Das wäre doch auch sehr praktisch für seine Teilnahme am Martinsumzug, wo er meistens mangels Licht mit leeren Händen mitgelaufen war. Ohne Laterne konnte er zwar seine Hände in der Jackentasche wärmen, aber… Sein Entschluss stand fest - da wollte er etwas nachhelfen! Schnell und heimlich rannte er nochmal zum Friedhof zurück und stellte die wunderschön rot leuchtende Laterne sicher. Geschafft. Aber jetzt, wo verstecken? Die war ziemlich warm und brauchte auch Luft sonst wäre sie bestimmt ausgegangen.

Weiter dachte Fred nicht. Sein spontaner Besitzerstolz verhinderte ‚abwegige' Gedanken. Um möglichst unentdeckt zu bleiben, nahm er den schmalen Fußweg am steilen Bahndamm entlang, um heim zu laufen. Dabei schwenkte er voller Freude, aber unbedacht seine neues rotes Licht. Just in diesem Moment näherte sich laut ratternd das letzte Zügle nach Stuttgart. Plötzlich quietschten die Bremsen und zerrissen die Stille der angebrochenen Nacht. Für den wachsamen Lokführer war bei rotem Licht Gefahr im Verzug und er brachte den Zug vorschriftsmäßig so schnell wie möglich zum Stehen. Onkel Bernd der Fahrdienstleiter, machte sich gerade auf seinen allabendlichen Weg zu den Signallaternen. Die Worte flogen hin und her. In heller Aufregung beteuerte der Lokführer seine Unschuld. Er habe ein rotes Licht gesehen, aber nun sei es verschwunden. Klar, als die Bremsen grell zu quietschen begannen, hatte Fred das Licht schnell ausgeblasen und sich hinter einem Holunderbusch versteckt. Er durfte auf keinen Fall entdeckt werden. Bloß nicht schon wieder Ärger! Da die Ursache für das rote Licht nicht mehr aufzuklären war, wurde der Nothalt mit einiger Verspätung wieder aufgehoben. Es war für diesen Tag auch der letzte Zug. Onkel Bernd setzte die Erledigung seiner Dienstpflicht fort. Das war ja Gott sei Dank noch einmal gut gegangen.

Als Onkel Bernd bei seinem Rundgang am nächsten Morgen hinter dem Lagerschuppen eine rote Grablaterne fand, reimte er sich wohl eins und eins zusammen. Aber er wollte dennoch Fred über die Gefahren eines „Rot-Signals" belehren. So ging auch dieses ‚Abenteuer' für Fred sehr glimpflich aus.

Der Gedanke wechselt, die Tat bleibt!

Leyla

Große bunte Wiesen rahmten die ersten Häuser von Backnang ein. Sie verströmten einen unverwechselbaren Duft. Eine Mischung von Heu, Gras und Blumen. Unterhalb des Bahndammes blühte der Mohn. Reni und Christine, die Töchter von Onkel Bernd und Elfriede, verbrachten hier einen großen Teil ihrer Ferienzeit mit Spielen und Streunen. Öfter gesellte sich und ein dunkelhäutiges Mädchen aus der Nachbarschaft namens Leyla dazu. Zur damaligen Zeit war ein dunkelhäutiges Mädchen mit glänzend schwarzem Kraushaar auf dem Kopf zumindest in dieser noch ländlichen Gegend sehr exotisch. Natürlich zog sie Fred, der noch nie vorher in seinem Leben ein Mädchen mit fast schwarzem Gesicht und glänzenden schwar-zen Kräusellocken gesehen hatte, in ihren Bann. Nur die Innenflächen ihrer schwarzen Hände leuchteten heller. Bei Fred war es meistens umgekehrt. Fred war inzwischen zwölf und sehr neugierig. Er interessierte sich zum Beispiel brennend dafür, ob das süße Mädchen wohl überall so „angestrichen" war. Auch am Bauch? Er überlegte, wie er ihr näher kommen könnte. Um möglichst schnell herauszufinden welche Farbe sich unter ihrenm Kleid verbarg, bat er sie kurzerhand seine Freundin zu werden. Aber da hatte Reni etwas dagegen.

Sie war zwar ein Jahr jünger, aber dummerweise immer so vernünftig. Ihre altkluge Art brachte ihr bei den Eltern immer Pluspunkte, machte sie aber auch zu einer Spaßbremse. Sie gab Fred zu bedenken, dass er doch nur während der Ferien hier sei und das viel zu kurz sei für eine ehrliche Freundschaft. Und sie zog bei Fred ernsthaft in Zweifel, dass er so etwas beabsichtigte! Dieses blitzgescheite Argument ließ sein Vorhaben schnell scheitern. Zu doof, dass die sich in alles einmischte! Er wollte ja eigentlich auch nur kurz gucken, um seine unstillbare Neugier zu befriedigen. Aber nun war er gezwungen, sich ohne Begleitung mit Leyla zu verabreden. Ein lässiges „Dann bis später!" beendete das hoffnungsvolle Treffen. Leider war Leyla später nicht mehr zu treffen. Auch am nächsten Tag nicht. Fred wartete lange, aber sie blieb verschwunden. Danach hoffte er sogar auf die nächsten Ferien. Alles vergeblich! Fred wendete sich notgedrungen wieder Reni zu. Die war aber nun plötzlich noch zickiger. Sie wollte sich nun auch nicht mehr küssen lassen. Entnervt gab Fred auf und betrachtete sie kurzerhand als zum Spielen ungeeignet. Da waren Jungs doch ein anderes Format. Mit zickigen Mädchen waren eh keine neuen Abenteuer zu erwarten.

Als Fred dann zwei Jahre später wieder über die Ferien in Backnang eingeladen war, war die schwarze Leyla weggezogen. Freds Neugier auf „angemalte" Mädchen blieb ungestillt.

Ein neuer Lenz bringt neue Saaten mit!

Die erste Zigarre

Dafür begegnete Fred in den nächsten Sommerferien wieder Robert. Jetzt war er schon dreizehn. Er freute sich schon auf die Begegnung, denn sie versprach wieder ein neues Abenteuer. Robert hatte zwei Zigarren aufgetrieben. Für jeden eine. Sie wollten sich auch mal richtig erwachsen fühlen. An der kleinen Unterführung am Bahndamm unweit des Bahnhofs wurde man nicht gleich von allen Seiten gesehen. Und, wer hätte das ge-dacht, Robert fand auch diesmal in seinem unergründlichen Hosensack Streichhölzer. In echter Westernmanier wie in einem Film von John Wayne biss er von der einen Zigarre die Spitze ab und hielt die Flamme dran. Er paffte ein paarmal und als sie richtig glühte, folgte ein tiefer Zug. Dann reichte er sie Fred. Vorsichtig zog der. Trotzdem wurde ihm gleich komisch. Robert fing auch schon an die Augen zu verdrehen. Schnell drückte er Fred die zweite Zigarre in die Hand und verschwand blitzartig mit den Worten: „Ich glaub', ich muss mal!" Weg war er. Fred machte sich mit der brennenden Zigarre in der Hand und der zweiten in der Hosentasche reichlich wackelig auf den Heimweg.

Onkel Bernd sah ihn schon von weitem kommen und feixte. „Na Fred, so vornehm? Schon am frühen

Nachmittag mit Zigarre?" Fred wunderte sich etwas über die gute Laune von Onkel Bernd weil der eigentlich nur selten rauchte. Außerdem war ihm eh' schon schlecht. Fred fragt: „Onkel Bernd, möchtest Du die nicht fertig rauchen!" Der Onkel aber erklärte ihm, dass man geschenkte Dinge selbst behalten musste. Und was man angefangen hatte, musste man auch zu Ende bringen. So musste Fred, wohl oder übel, weiter rauchen. Wie nicht anders zu erwarten, war sein Genuss schon mit dem nächsten Zug zu Ende. Gut, dass sie noch im Freien waren. Fred fing gottserbärmlich an zu kotzen. Und dann ging auch noch fast etwas in die Hose. Fred schaffte es gerade noch zum Klo. Danach legte er sich still und heimlich ins Gras hinter dem Schuppen, blinzelte in die Sonne und wünschte sich nur noch, nicht sterben zu müssen. Jedenfalls schwor er sich, noch halb im Delirium, nie mehr zu rauchen. Leider hielt dieser Schwur nur so lange, bis er Soldat wurde.

Versprechen und halten sind zweierlei!

Der Abschied

Im Sommer 1953 musste sich Fred zwangsweise vom Allgäu verabschieden. Seine Mama hatte eine unstillbare Sehnsucht nach ihrer Heidelberger Heimat entwickelt und quängelte immer wieder. Sein Papa hatte sich um des Familienfriedens Willen schon um eine neue Arbeitsstelle näher bei Heidelberg bemüht. Da hatte die Mama ein Haus, in dem sie dann alle gemeinsam zusammen wohnen könnten. Fred liebte das Allgäu, das ihm eine neue Heimat geworden war. Er mochte Land und Leute. Hier ging er zur Schule, hier lebten seine Freunde. Dieser Umzug war für ihn bedeutender, als nur ein Ortswechsel. Für Fred war damit zwangsläufig der Abschied von seinem besten Freund Werner verbunden. Auf Nimmerwiedersehen, wie später noch zu sehen sein wird!

Werner hatte sich bereits am Tag davor von ihm verabschiedet. Er bestand immer auf klaren Verhältnissen. Als Werni erfuhr, dass Fred nun weit weg ziehen musste, reichte er seinem besten Freund wortlos seinen größten Schatz. Es war eine Streichholzschachtel, liebevoll mit Watte ausgepolstert. Darin kuschelte sich ein kleiner, fast ovaler Schneeflockenobsidian. Schwarzglänzend, übersät mit weißen Schneeflocken. Außen stand ganz unauffällig, mit weißer Schrift auf blauem Grund „Welthölzer" drauf, aber drinnen glitzerte Werners ganze Liebe zu seinem Freund! Werni verschwand schnell. Fred sollte nicht seine feuchten Augen bemerken. Die wollte er für sich behalten. Fred blieb sprachlos zurück. Da war sie wieder, die Angst allein gelassen zu werden. Plötzlich wurde ihm ganz eigenartig zumute, seine Kehle wurde ihm eng. Sogar das „Danke!" war darin stecken geblieben. So etwas war ihm noch nie passiert!

Er wunderte sich nun auch nicht mehr, dass Werni nicht zum üblichen Dämmerungs-Treff auftauchte. Wo er doch sonst bei Verabredungen so zuverlässig war. Wortkarg und in Gedanken versunken ging Fred schlafen. Später wälzte er sich in seinem Bett unruhig hin und her. Der Schlaf war auch mit „Schäfchen zählen" nicht herbeizulocken. Mitten in der Nacht starrte er mit weit aufgerissenen Augen in die drohende Dunkelheit. Er sah nicht einmal mehr die glitzernden Sterne. Er spürte nur völlig ratlos, wie ihn dieses undurchdringlich Schwarze durchfluten wollte. Angst nahm ihn in die Zange. Sein kleines Herz pochte wie wild in seiner Brust und er fröstelte und schwitzte zugleich. Am nächsten Morgen war ihm nicht nach frühstücken. Er steckte sich eine Semmel ein. Überall stapelten sich volle Umzugskartons, auseinandergebaute Möbel und allerlei anderer Umzugskrimskrams. Alle Räume waren vollgestellt. Nachdem Werni auch nicht am Schulwegtreff wartete, entschloss sich Fred, ihn zu suchen.

Aufgeregt klingelte er bei Werners Eltern. Die Mutter jammerte mit verheulten Augen, dass Werni nicht nach Hause gekommen sei. Fred wurde es noch heißer. Sein Herz klopfte so laut, dass er schon fürchtete, Werners Mutti könnte es hören. Zitternd erklomm Fred sein Fahrrad und jagte, einer dunklen Ahnung folgend, wild strampelnd los. Die heftigen Proteste, die seine Mama ihm hinterherrief, wollte er nicht mehr hören. Wichtig war ihm nur sein Freund! Da der Möbelwagen ja erst mittags starten sollte, war noch etwas Zeit. In quälender Unruhe suchte Fred alle Treffpunkte ihrer verschworenen Gemeinschaft ab. Nicht weit von Freds eingeschlagener Route raste ein Krankenwagen mit „tatü-tata" die Ruderatshofener Straße entlang Richtung Hausen. Nahe dieser kleinen Nachbargemeinde in einer vorwiegend hügeligen Landschaft verbarg sich der kleine lauschige Galgensee. Es war ein flacher Entenweiher, gesäumt von im Wind rauschenden Erlen, Pappeln und Fichten. Kaum knietief, an der Ortsgrenze der verstreuten Häuser gelegen, diente er hauptsächlich als eiserne Wasserreserve gegen Brände im Dorf. Bei den Jungs war das etwas abseits liegende kleine Gewässer zum Baden und sehr beliebt für „Räuber und Gendarm Spiele". Fred folgte dem Sanitätsauto so schnell er konnte. Sein altes Rad ächzte. Schon lange war es nicht mehr so getreten worden. Dann nahm Fred schon ziemlich außer Atem eine Abkürzung, die er gut kannte. Mitten durch ein fast reifes Haferfeld. Als er das flache Ufer hinter der ersten Pappelreihe erreichte, zogen gerade zwei starke Männer in Sanitäter-Uniform einen mit dem Gesicht nach unten treibenden Körper aus dem dunklen Wasser. Das Wasser war so glatt, dass es schien, als hätte es ebenfalls den Atem angehalten. Fred erkannte sofort Werners dünne „Kinderlähmungsarme". Deshalb war er also gestern Abend nicht mehr zum vereinbarten Treffpunkt gekommen! Tränen schossen ihm in die Augen. Nicht die der Traurigkeit, sondern der Wut auf seine Eltern. Er sollte mit seinen Eltern nach Heidelberg umziehen und deshalb nun seine Freunde verlassen. Das war gemein und er fühlte sich unendlich einsam. Und bestimmt hatte Werni die gleichen Gefühle gespürt und es einfach nicht mehr ausgehalten.

Fred blieb noch lange im Gras liegen, halb blind vor Tränen. Es war sein zweiter großer Verlust, der ihn tief im seinem Inneren verletzte. Fred verstand Werner, im eigenen Schmerz, erst sehr viel später.

Lass' die Vergangenheit, Vergangenheit sein!

Neue Heimat Heidelberg

Fred glaubte, dass seine (Stief-)Mutter früher im Neuenheimer Haus gelebt hatte. Nach dem zweiten Weltkrieg waren nämlich viele schöne Häuser, natürlich nur in den schönsten Lagen Heidelbergs, von den amerikanischen Besetzern beschlagnahmt worden. Da waren dann - so quasi als Wiedergutmachung - Offiziersfamilien eingezogen. Da das romantische Heidelberg von den Amerikanern als europäisches Hauptquartier gewählt worden war, wurde die Wohnsituation für tausende Besatzungssoldaten im Sommer 1953 zu eng. Gerade war ein neuer Stadtteil, Patrick Henry Village, in Heidelbergs Vorstadt fertig geworden. In der Folge wurden wieder einige der besetzten Villen, wenn auch oft widerwillig, freigegeben. Auch das Haus von Freds vermeintlicher Mutter Katharina war dabei.

Der Umzug vom Allgäu nach Heidelberg dauerte einen Tag und eine ganze Nacht. Sogar noch einige Tage danach standen noch überall Kartons herum. Das Aufräumen dauerte länger als gewöhnlich, da zwischendurch auch noch die Spuren der Besatzer beseitigt werden mussten. Da waren zum Beispiel alle Wände mindestens einen Meter fünfzig hoch mit Ölfarbe gestrichen. Das war zwar wasserdicht, gefiel aber Freds Mutter überhaupt nicht.

Genau so wenig wie die Fliegengitter vor allen Fenstern. Schwieriger war das Linoleum vom Parkett zu entfernen. Aber so peu á peu konnte man mit dem Einräumen beginnen. Die Kartons trugen Aufkleber mit Angaben über den Inhalt und das Zimmer, wo sie hin sollten. Fred war heilfroh, nichts suchen oder finden zu müssen. Aber irgendwie machte es ihm Spaß, beim „Aufräumen" zu helfen. Das hieß, dass er alles wahllos wieder in die Kartons verteilte, was lose herumlag. Bald gab es so viel Verwirrung, dass sich seine Mama verzweifelt in den Garten setzte und auf Papas Hilfe wartete. Um seine Langeweile zu bekämpfen und die Zeit auszufüllen, begann Fred den Garten und seine Umgebung zu erkunden.

Auf der Sraßenseite des einstmals weißen Hauses mit steilem Satteldach hing ein ziemlich altes kleines, quadratisches Emailleschild mit der Nummer **13**. Dieses wurde halb verdeckt vom Stamm einer hohen Birke, die das ungefähr zweieinhalb-stöckige Haus überragte. Die Birke war wohl auch der Grund dafür, dass der verkümmernde Rosengarten darunter offensichtlich trauerte. Von der Rückseite des Hauses, hinter der die zweite Hälfte des Gartens lag, führte eine lange Steintreppe hinauf zu einer offenen Veranda. Eine weiß lackierte Tür verband die direkt daran angrenzende Küche mit einem nachträglich einfach verglasten Balkon. Der wurde Wintergarten genannt und bot einen herrlichen Ausblick auf den reich bepflanzen Garten. Allerdings hatten auch alle Nachbarn aus dem gegenüberliegenden Wohnblock den gleichen wunderbaren Einblick. Fred wurde kurzerhand (oder war das bereits geplant gewesen?) in dieses knapp fünfeinhalb Quadratmeter messende „Paradiesle" einquartiert. Dieses winzige Behelfszimmerchen sollte nun Freds Reich sein. So quasi seine neue Heimat! Mehr oder weniger außerhalb der eigentlichen Wohnung, aber dafür mit deutlichem Bezug zur „benachbarten" Natur. Unter diesem früheren Balkon versteckten sich bei einer lichten Höhe von circa einem Meter allerlei Gartenutensilien. Fred räumte einen Teil davon an die vordere Breitseite und war mit seiner dadurch entstandenen Höhle mit Sandboden sehr zufrieden. Hier konnte er sich, wenn zuweilen „dicke Luft" herrschte, verstecken. Und das sollte bald bitter notwendig werden.

Langsam tastete sich Fred weiter in seine Umgebung vor. Neuenheim, ein Ortsteil von Heidelberg, war ziemlich abwechslungsreich und autark, was Geschäfte und Lokale anbetraf. Hier fand Fred auch einen Fahrradhändler, in dessen Werkstatt er nachmittags eine Stunde mithelfen durfte. Das brachte ihm jedes Mal eine Mark ein und außerdem durfte er sich aus alten Teilen selbst ein Fahrrad zusammenbauen. So lernte er, wie ein Fahrrad konstruiert war, lernte zu „schrauben" und erwarb sich dadurch einen fahrbaren Untersatz!

Wenige hundert Meter östlich von Freds Zuhause floss der Neckar, aus dem Odenwald kommend, und trennte den Ortsteil von der eigentlichen Stadt. Zunächst noch schmal, zwängte er sich ziemlich flott unter der Alten Brücke durch, um dann in Höhe der Stadthalle an der Altstadt entlang allmählich breiter und damit auch langsamer zu werden. Am westlichen Ufer des nun gemächlicher glucksenden Neckars erstreckte sich eine ausgedehnte, von alten ausladenden Kastanien gesäumte Wiese. Sie bot sich als Spiel-und Liegeplatz an und wurde von den Heidelbergern auch eifrig genutzt. Im Sommer gingen Fred und seine Freunde auch liebend gerne im Neckar schwimmen. Gerade in diesem Abschnitt, zwischen der „Neuen Brücke" und der gerade fertiggestellten „Berlinerbrücke" lag in der „Verlängerung" die Liegewiese des Heidelberger Freibades, das auch als der soziale Treffpunkt für Jung und Alt galt. Hier spielten die Menschen Fußball und Volleyball, turnten oder lagen einfach nur zum Braten in der Sonne herum. Damals als „Strandbad Treff" die Sommerattraktion schlechthin.

Der Neckar zwischen der „Alten Brücke" und der Insel südlich der Berliner Brücke wurde auch als ideale Trainingsstrecke von den Mitgliedern der RGH (Ruder-

Gesellschaft-Heidelberg) genutzt. Nachdem Fred viele Tage sehnsüchtig den eifrigen Ruderern zugeschaut hatte, fasste er Mut und meldete er sich einfach an. Damit waren nachträglich sogar seine Eltern einverstanden. Das Skullen im Einer oder Zweier war ihm zu schwierig. Am liebsten war ihm der 'Vierer mit Steuermann'. Da zählte wenigstens einer den Rudertakt vor. Im Team klappte das Rudern ganz gut und Fred konnte sich auf das sanfte Eintauchen seines langen Riemens konzentrieren. Dieser Bewegungsablauf erforderte nämlich viel Übung, wurde aber mit der Zeit immer automatischer. Das Blatt eintauchen, die Beine ganz ausstrecken und mit dem Hintern auf dem schmalen Rollbrett zurückrollen. Dabei kräftig am Riemen ziehen. Dann das Blatt mit einer drehenden Bewegung wieder aus dem Wasser heben. Immer und immer wieder. Das war sehr anstrengend und erzeugte am Anfang mächtigen Muskelkater. Aber im Laufe der Zeit wuchsen Fred bei dem regelmäßigen Training richtig tolle Muskelpakete an den Beinen. Das machte ungeheuer Spaß und zudem auch noch fit. Und obwohl das den Mädchen gefiel, machte er sich noch nichts aus den „albernen Gören!" Das änderte sich erst, als 1954 Elvis und der Rock 'n Roll aktuell wurden. Da bemerkte Fred, dass Mädchen nicht nur kleine Frauen waren. Aber oft benahmen sie sich zickig und unberechenbar. Deshalb zog es Fred vorerst noch vor, sich den

Angeboten im Haus der Jugend zuzuwenden. Zum Beispiel ging er gern zum Walzertanzen, das die DJO veranstaltete. Das war eine Volksgruppe der Deutschen Jugend des Ostens, einer eingeschworenen Gemeinschaft aus dem ehemaligen Schlesien, die Jugendliche bei jedem Problem auffing und ihnen beistand. Das war nicht so weit weg von zu Hause und man konnte ja nie wissen, wozu das alles noch gut sein sollte. Es sollte auch ein Rock 'n Roll Wettbewerb stattfinden. Fred angelte sich kurzerhand Monika vom Walzerkurs. Sie war ebenfalls von Elvis hingerissen und liebte den Boogie. Ja, was nun? Boogie oder Rock 'n Roll? Jetzt übten sie erst einmal für den Wettbewerb. Als dann der große Tag der Entscheidung da war, waren die beiden nicht mehr zu halten. Die Anzahl der Paare auf der Tanzfläche in Heidelbergs Stadthalle wurden immer weniger. Nach „gefühlten" tausend Tänzen noch ein Paar neben Moni und Fred. Mit scheinbar langsamem Tempo begann ‚Nat King Cole' Mona Lisa zu singen. Fred wirbelte seine Moni mit Schwung und viel Gefühl über die Tanzfläche. Sie gaben ihre letzte Kraft und gewannen - einen Kasten CocaCola. So wurden 1956 noch Siege gefeiert! Fred war, trotz seines Stolzes, ein bisschen enttäuscht, aber Moni, ab heute seine erste Freundin, riss ihn mit und gemeinsam mit den anderen Tanzpaaren genossen sie ihren Erfolg bei CocaCola.

Nur fünf Minuten Fußmarsch südlich der Stadthalle erreichte man die Neckarinsel, die nach der Neckarwiese den Fluss immer weiter zusammengequetschte und ihn wieder beschleunigte. Langgezogen folgt die kleine Insel der Flussbiegung. Ab hier war der Uferstreifen weitgehend verwildert. Da er auch hinter den weit ausgedehnten Gärten mit alten Streuobstwiesen verborgen war, warteten hier, im urbanen Umfeld der sich entfernenden Stadt, schon die nächsten Abenteuer!

Heimat ist dort, wo man sich wohl fühlt!

Der Funker

Zwischen der Treppe zur Küche und seiner „Höhle" unter dem sogenannten Wintergarten führte eine fünfstufige Steintreppe zu einem gusseisernen Wandbrunnen hinab. Daneben, hinter einer grauen Brettertür, verbarg sich der Kellerzugang zur Werkstatt. Hier zweigte sich Fred von Vaters Arbeitsplatte eine kleine Ecke zum Basteln ab. Papas Werkzeug war zwar offiziell tabu, weil er angeblich immer alles kaputt machte. Klar, gemäß dem klugen Spruch „Wo gehobelt wird, fallen Späne!" ging manchmal auch etwas in die Brüche. Und Fred musste ja auch erst einmal lernen, wie man mit den verschiedenen Materialien umging. Wie gut, dass Papa fast nie zu Hause war.....

Aber einmal hätte Fred seine eifrige Experimentierfreudigkeit fast mit dem Leben bezahlt. Fred hatte mit dem Amateurfunk Bekanntschaft gemacht. Einer seiner Schulkameraden hatte ihn einmal zu einem Treffen mitgenommen. Seitdem war auch Fred von der Technik des Funkens begeistert und interessierte sich sehr dafür. Das war ähnlich wie telefonieren, nur dass man kein Kabel brauchte. Fred war von der Technik fasziniert und begann - wie seine Freunde vom Amateurclub - sich selbst auch die ersten Geräte zu basteln. Damals gab es außer für den professionellen Bereich in der Funktechnik fast nichts zu kaufen. Da war der Leiter der Radiofunkstelle Heidelberg Königstuhl, DL0DL, Herr Sütterlin gefragt. Der fungierte auch als Amateurfunkausbilder und verteilte öfter alte, von der Post ausrangierte Geräte. Und so kam auch Fred an Bauteile für Funkgeräte. Nur bauen musste er selber. Dazu war Papas Werkbank ideal. Papa hatte über der Werkbank eine elektrische Schalttafel installiert. Da er zwar Ingenieur, aber kein gelernter Elektriker war, hatte er wohl nicht auf die notwendige Erdung geachtet (oder übersehen). Fred hatte natürlich von den elektrischen Gefahren auch noch keine Ahnung. Er lötete eifrig elektronische Bauteile in einen kleinen Funkempfänger. Dazu benutzte er in Ermangelung eines eigenen („Solchen Firlefanz braucht man nicht", hatte seine Mama gesagt) Papas alten Lötkolben. Das war noch ein sehr antikes Modell mit viel zu großer Spitze und eigentlich zum Löten von Bleiblech gedacht. Das textile Anschlusskabel sah schon ziemlich zerfleddert aus. Aber es funktionierte leidlich, bis Fred wegen der fehlenden Erdung mit einem Schlag erfuhr, dass der Mensch ein Halbleiter ist! Irgendwie hatte sich einer der alten Strom leitenden Anschlussdrähte durchgescheuert. Der Kontakt zum Metall des Kolbens, den Fred in der Hand hielt, hatte einen Kurzschluss zur Folge. Fred stand barfuß auf dem Estrichboden des Kellers und der Strom floss von der nicht geerdeten Steckdose durch Freds Hand und Körper zur natürlichen Erde, dem Kellerfußboden. Fred wurde durch den Stromschlag umher geschleudert und fiel auf den Boden. Infolge der Verkrampfung in der Hand konnte er den Lötkolben nicht loslassen und riss im Fallen das Kabel an der Steckdose ab Das rettete Freds Leben. Als ihn Mama wenig später immer noch im Keller liegend fand, gab sie ihm Milch zu trinken. Das sollte angeblich die Folgen des Stromschlags kompensieren! Gott sei Dank hatte Fred ein starkes Herz und nur leichte Verbrennungen an der Hand. Das war nun schon das dritte Mal, dass Freds Leben am seidenen Faden hing. Kaum war Fred wieder gesund, begann er wieder damit, sich mit seinem Hobby zu beschäftigen. Für die Jungs war es Bastelei und Ausprobieren. Die Post, als Behörde, nannte das Gleiche Schwarzfunkerei. Sie machte eifrig und intensiv Jagd auf die Bösewichte, die auf die schwere Prüfung keine Lust hatten. Immerhin umfasste der theoretische Teil mit Hochfrequenztechnik, Elektrotechnik, Funk-und Verwaltungsvorschriften ziemlich umfangreiche Sachgebiete. Und wenn man die geschafft hatte, folgte noch die Morseprüfung! Das war eine echt schwere Konzentrationsaufgabe.

Einige seiner Kumpels waren beim Schwarzfunken schon erwischt worden. Auch bei Freds Eltern war einmal die Polizei aufgetaucht, um eventuell illegale Gerätschaften zu beschlagnahmen. Gott sei Dank handelte Fred schneller und hatte alles rechtzeitig in seiner Höhle versteckt. Deshalb war er auch nicht erwischt worden. Ärger mit den Eltern gab es trotzdem. Die Polizei im Haus. Das konnte einfach nicht hingenommen werden! Dieser Schock war Anlass genug, nun doch endlich zu büffeln und das Morsen zu lernen. Irgendwann nahm er an einer der nächsten Prüfungen teil. Zu seiner großen Überraschung stellte sich heraus, dass es auch eine Prüfung ohne Morsen gab: Nur für das 2m-Band im UKW-Bereich. Das war die Chance, relativ einfach zum eigenen Rufzeichen zu kommen: DC3OT. Darauf war Fred dann mächtig stolz. Seine Eltern interessierte das überhaupt nicht!

Wer auf der Leitung steht, sollte mit Strom vorsichtig sein!

Die amerikanischen Nachbarn

„Please, come over here!" Ein Junge mit sehr kurzen braunen Haaren, mit fünfzehn in Freds Alter, stand am ziemlich verrosteten Gartenzaun und winkte herüber. Das etwa fünfzehn Meter breite Grundstück, das zu Freds neuem Zuhause gehörte, lag eingeklemmt wie ein Handtuch zwischen insgesamt zehn ähnlichen Villen, auf dieser Straßenseite der Max-Wolf-Straße. Die Gärten hinter dem Haus glichen sich fast spiegelbildlich. Im Haus Nr. 11, das direkt angrenzte, war noch immer ein hoher amerikanischer Offizier mit seiner Familie einquartiert. General West, seine Frau und Sohn Michael (gerufen: Maikel). Sie waren noch nicht nach „Klein Amerika" ins Patrick-Henry-Village umgezogen. Vielleicht wollten sie das auch gar nicht. Erstens sollte Officer West bald wieder in die USA zurückversetzt werden und zweitens wollten sie wahrscheinlich lieber noch eine Zeitlang das Heidelberger Villen Bohème genießen.

Michael hatte über den Zaun gerufen. Fred lernte zwar schon seit der Sexta Schulenglisch. Aber um mit den Nachbarn plaudern zu können, reichte das wirklich noch nicht. Es war auch nicht nötig, denn Fred hatte eigentlich außer mit der eigenen Familie mit niemandem ein Problem, sich zu verständigen. Schließlich hatte er zehn

Finger und war schlau genug sich einer ausdrucksvollen Körpersprache zu bedienen. So verstand er sich auch gleich prächtig mit „Maikel", dem Nachbarjungen. Freds Tatendrang wurde nur durch den rostigen Gartenzaun gehemmt. Also raus auf die Straße und beim nächsten Grundstück wieder zur Gartentüre rein. Michael er-wartete ihn schon. Er stellte Fred seiner etwas zu kurz geratenen, aber dafür umso freundlicheren Mutter vor. Sie verstand sogar ein bisschen Deutsch. Im Handumdrehen zauberte sie aus dem „Fridge" eine riesige Plastikbox mit Vanilleeis. Jeder bekam eine ganze Schüssel dieser Köstlichkeit serviert. Das hatte Fred noch nie erlebt. Er kalkulierte in Gedanken: „Wow, das sind mindestens zehn Kugeln!" Er glaubte kaum, was er da erlebte. Vanilleeis mitten am Tag! Er schleckte mit Michael um die Wette. Da wurde sein Traumvergnügen jäh unterbrochen:: „Fred! Komm' sofort herüber. Du hast nebenan nichts zu suchen!", hörte Fred seine Mama rufen. Fred blieb fast der Löffel im Munde stecken. Madam West hatte den Ruf auch gehört und lächelte Fred erst einmal etwas Mut zu. Er schleckte weiter. Michaels Mama machte Kulleraugen und hielt sich den Zeigefinger an den Mund: „Be quiet!" Fred spürte intuitiv, dass sie ihn verstanden hatte. „Ich hatte *sofort* gesagt!", erklang es auf's Neue. Fred fiel fast der Löffel aus der Hand. Aber da er sowieso fertig war, legte er ihn ordentlich auf den Tisch, dankte Michaels Mutter und verabschiedete sich. So leise wie möglich schlich auf die andere Seite des Zaunes. Mama erwartete ihn bereits wutschäumend. Nachdem ihr Zorn einigermaßen abgeklungen war, wagte Fred leise zu fragen. „Warum bist Du denn so wütend? Michael hat mich doch eingeladen! Da kann ich doch nichts dafür!" Sie antwortete gereizt: „Die Amerikaner haben Deutschland überfallen und meine heiß geliebte Heimatstadt besetzt. Nur deshalb war ich gezwungen, viele harte Jahre mit Deinem Vater bei den primitiven Allgäuer Bauern auszuhalten. Und dann fragst du mich auch noch, warum ich dieses amerikanische Pack nicht leiden kann?" Am unverständlichsten hörte sich der Nachsatz an: „Alles, was aus Amerika kommt, bringt uns nur Unglück und zerstört unsere deutsche Kultur!"

Fred sollte das noch oft zu hören und zu spüren bekommen. Doch im Augenblick verstand er gar nichts mehr. So liebe und freundliche Menschen sollten nun seine Feinde sein, nur weil es seiner Ersatzmama im Allgäu nicht gefallen hatte. Wo es doch auch im Allgäu so schön sein konnte und er doch am liebsten dort geblieben wäre. Den Zusammenhang zwischen den Amerikanern und dem Allgäu verstand er schon überhaupt nicht. Und wegen des Umzugs nach Heidelberg hatte er auch noch seinen einzigen Freund Werner dort verloren. Wie sollte er denn jetzt einen neuen Freund kennenlernen, wenn jeder Nachbar von vornherein böse war? Er war total enttäuscht von ihr und verstand die Welt nicht mehr. Er beschloss, Michael in Zukunft eben heimlich zu treffen. Bald danach war Mama einkaufen gegangen. Fred spielte alleine im Garten. Michael lud ihn über den Zaun ein, mit ihm einkaufen zu fahren. Sein Papa wollte gleich noch zum PX ins Patrick-Henry Village. Michaels Vater, Colonel West, lud beide in seinen Buick Convertible. Ein Acht-Zylinder-Schiff mit über 200 PS. Fred kam aus dem Staunen gar nicht mehr heraus. Ein Autotraum mit Platz ohne Ende. Währen das Auto wie ein Schiff dahinschwamm, konnten die zwei auf der Rücksitzbank turnen. Das war schon ein Erlebnis für sich. Und dann erst der PX-Laden. Hier konnten leider nur amerikanische Soldaten, ihre Frauen und Gäste ein-kaufen. Einen ähnlichen Laden, wie zum Beispiel ein Einkaufs-center, gab es in Heidelberg erst viele Jahre später. Fred war grenzenlos beeindruckt und erhielt zum Abschied einen Riesenlolli.

Gott sei Dank war Mama noch nicht zurück. Aber später entdeckte sie natürlich den Riesenlolli. Fred hatte dann seine liebe Not zu erklären, wo der her stammte. „Den…, den…, den hab ich vom Norbert", fiel Fred gerade noch ein. Das war einer seiner neuen Schulkameraden, mit dem er sich nach der Schule auch oft herumtrieb. Gut dass Mama nicht weiter nachfragte. Sie hätte ihm das sowieso nicht geglaubt.
Freundschaft erhalten ist schwerer als erwerben!

Das Nachtgespenst

Fred sollte ab jetzt im „Wintergarten" wohnen. Dieser lag im Hochparterre und war nichts weiter als ein nachträglich verglaster Südbalkon. Diese Einfach-Verglasung musste schon sehr alt sein, denn inzwischen pfiff stellenweise schon der Wind durch die ehemals weißen, nun weitgehend vergilbten Fensterrahmen.

Wenn sich Fred zurückziehen wollte (oder musste), kroch er unter seinen Wintergarten. Der Platz darunter war mit einem guten Meter Höhe sehr begrenzt und mit allerlei Gartengerümpel gefüllt. Dahinter konnte sich Fred gut verstecken. Hier war er bisher noch nie entdeckt worden.

Freds kleine Schwester Heike, Mamas Lieblingskind, die Prinzessin, die immer bevorzugt wurde, bewohnte für sich ganz alleine das helle Mansardenzimmer unter dem Dach. Sie legte sich abends in ein richtiges Bett. Nicht so wie Fred, der auf einer alten dreisitzigen Klappcouch im Wintergarten schlafen musste. Ein geflickter Korbsessel versperrte noch den letzten Platz. Sein Platz für Schularbeiten bestand aus einem roh gehobelten Brett, das an die Balkonbrüstung geschraubt war. Neben seiner Klappcouch war eine halb verglaste Tür zum ‚Damenzimmer'. Das durfte nur von Mama und Heike betreten werden. Links neben der Tür zum Damenzimmer prangte noch ein Blumenbild seiner künstlerisch begabten Schwester. Rechts davon hing als einzige Ablage ein kleines Bücherregal mit drei Brettern.

In seinem mehr oder weniger offenen Wintergarten fühlte sich Fred nie richtig wohl. Aber immer wenn er dagegen zu meutern versuchte, wurde er mit dem Argument: „Papa hat auch kein eigenes Zimmer für sich allein!" abgeschmettert. Ganz klar, sein Übervater hatte als Familienoberhaupt das ganze Haus zur Verfügung! Warum er die fünfeinhalb Quadratmeter von Freds ‚Wintergarten' auch noch für seine Hobbys nutzen musste, erschloss sich Fred überhaupt nicht. Zum Beispiel an Sonn-tagen, wenn Fred und Heike die Kirche beehren sollten, belegte er den knappen Platz mit seiner Staffelei und vielen Schachteln voller verdrückter Ölfarbtuben. Den „Dreck" wollte Mama nir-gends sonst im Haus haben. Aha! Fred konnte dann schauen, wo er blieb. Er hatte nicht einmal Platz für Bücher oder sein Briefmarkenalbum. Sogar seinem Hobby, Flugmodelle zu bauen, konnte er nur bei seinen Freunden oder mit Einschränkung im Keller nachgehen. Nur einige Jahrbücher von Onkel Toni waren im kleinen Regal über dem Behelfsbett erlaubt. Seine wenigen Schulsachen lagerte er in seinem Ranzen unter dem Klappsofa. Vom schmalen Fensterbrett waren sie verbannt worden. Den Platz brauchte Papa zeitweise.

Eines Sonntags gab es wieder einmal - wie so oft - Streit zwischen Mama und Papa: Das „Drecksmalzeug" sollte samt Staffelei verschwinden! Fred wunderte sich. Einerseits wäre ihm der so gewonnene Platz schon recht gewesen, aber andererseits verdiente sein Vater mit dem Verkauf seiner Bilder doch ein schönes Geld dazu. Warum wollte denn die Mama darauf verzichten? Er verstand es noch nicht, dass Menschen, um einen anderen ärgern zu können, auch einmal Verluste in Kauf neh-men würden! Nach dem Streit verschwand sein Vater wütend und wortlos zu seinem sogenannten „Frühschoppen". (Der sollte auch noch einmal zum Thema werden!)

Fred wunderte sich abermals: Was suchte ein Familienvater an einem Vormittag beim Frühschoppen? Oder hatte er sonstige Verpflichtungen von denen Fred nichts ahnte!? Er hatte aber nicht zu denken und gefragt war seine Meinung auch nicht! Daher verzog sich Fred lieber ebenfalls und traf sich nach dem Essen mit seinem neuen Freund Norbert. Sie waren ein Herz und eine Seele. Ähnlich wie es mit seinem Freund Werner im Allgäu gewesen war. Ohne Norbert hätte er sein kleines „Gefängnis" nicht so geduldig ausgehalten können. Gemeinsam zogen die beiden bei ihren vielen Streifzügen durch die Gärten und Streuobstwiesen in der weiteren Umgebung. Oft wurden sie auch von den Untergründen des Heidelberger Schlosses angezogen. Ein weiterer idealer Abenteuerspielplatz. Dort war es so schön gruselig. Und wenn man sich in den Kasematten des Schlosses in frühere Zeiten hineinversetzte, konnte man das Grauen der Schlachten in den Tiefen des Heidelberger Schlosses so richtig nachfühlen. So ähnlich wie manchmal zu Hause!

Fred kam, zwar nach dem Gebetläuten, aber immer noch pünktlich genug zum Abendessen, heim. Als Sonntagsvesper gab es meistens Wurst. Und wenn Papa etwas davon übrig ließ, war es für die Kinder jedesmal ein Genuss, die Reste zu schnabulieren. Aber der Papa fehlte heute. Das war gut wegen der Wurst, aber schlecht wegen Mamas Laune. Papa hatte wohl vergessen zu sagen, dass es länger dauern könnte. Mama war nun stinksauer und zog sich nach der Küchenarbeit ins Damenzimmer zurück. Radio hören durfte Fred nicht. Das hätte gestört. Da blieb ihm nur zu träumen oder ein bisschen lesen. Oder Fernsehen - aber das gab es nur aus dem Fenster. Damals gab es noch keinen Fernsehapparat! Und die Aussicht auf die Nachbarn konnte auch sehr interessant sein. Fred konnte durch seine offene Fensterfront vom Bett aus direkt auf die Fenster der anderen Leute schauen. Viele zogen dann einfach die Gardinen zu. Fred hatte keine. Einige grüne Obstbäume des eigenen Gartens verdeckten neugierige Blicke von gegenüber. Gardinen fehlten! Auch Rollos. Das sei nur „unnötiger Schnickschnack"! hatte die

Mutter erklärt. Auf Freds Gefühle wurde keinerlei Rücksicht genommen. Durfte er überhaupt welche haben?

Müde kroch Fred ins Nachthemd und unter seine Decke. Bald schlief er ein, ‚bewacht' von vielen fremden und bestimmt netten Menschen. Die Sichel des Mondes träufelte ihr hellgraues Licht durch das große Fenster. Es floss durch das kleine Zimmer und beleuchtete die noch friedlich scheinende Szene. Fred träumte trotz Mondlicht. Ein schwarzes metallumrandetes Loch näherte sich. Es wurde allmählich immer größer, streifte ihn und begann sich dann allmählich immer deutlicher in seine nackte Brust zu bohren. Angst griff lautlos nach Fred. Der Druck des Loches wurde unerträglich und er flüchtete aus seinem Traum. Schwitzend wurde er wach. Er lag regungslos da und blinzelte vor sich hin. Das kalte Mondlicht reflektierte matt auf einem etwa fingerdicken Metallrohr. Er erkannte Papas Flinte. Das ließ ihm fast das Blut in seinen Adern gefrieren. regungslos Er erkannte den dunklen Schatten von Papa, der das Gewehr in seiner Hand hielt. Er wirkte wie vom Mondlicht eingerahmt. Steif und still. Sein Papa? Das konnte doch nicht sein. Er glaubte immer noch zu träumen. Er versuchte sich zu orientieren. Es ging nicht. Noch immer steif vor Angst versuchte er sich zitternd aufzurichten. Auch das ging nicht. Papa saß vor ihm wie ein Geist und hatte ihn mit dem kalten Lauf des Gewehres festgenagelt. Fred rief lautlos um Hilfe. Im fahlen Mondlicht erfroren sogar seine Schreie. Wie von weit weg hörte er eine Stimme: "Ich hätte Dich gleich nach deiner Geburt ersäufen sollen. Du bist schuld am Tod meiner schönen Frau. Jetzt kriegst Du, was Du verdienst! Da, wo Du jetzt gleich hingehst, da hast Du Platz genug!" Fred glaubte Papas Stimme zu hören. Er verstand aber überhaupt nichts. Seine Angst zerpflückte die Sprache in unverständliche Fetzen. Weg! Nur schnell weg! Aber wie? Fred versuchte allmählich das schier Unmögliche zu begreifen. Es roch nach Alkohol. War das wirklich sein Vater oder war er in einem Alptraum gefangen? Auf jeden Fall schien es Paps Stimme zu sein. Ausgerechnet sein Vater, den er so oft ob seiner Kraft und seiner schön gewellten Haare bewundert hatte! Seine sportlichen Erfolge! Seine Stärke! Seine Unabhängigkeit! Es waren nur Gedankenfetzen, die wie Blitze durch Freds Gefühle schossen. Rasch hatte ihn seine Angst wieder im Griff. Er wurde langsam ganz wach. In diesem Augenblick fiel Papa vornüber aus dem Korbsessel. Fred spürte die Gegenwart seines Schutzengels und nutzte, ohne weiter nachzudenken, seine winzige Chance. Fred sah immer, wenn er in Gefahr schwebte, ein helles Licht über sich. Darin vermutete er einen Schutzengel, den er schon auch ab und zu testete! Jetzt war aber keine Zeit nachzudenken. Er krabbelte schneller als ein Blitz aus seinem Bett. Er floh, noch bevor sein Vater schießen konnte, durch die

Küche in den Garten. Seine Spur stank furchtbar. Er schlüpfte schnell aus seiner vollen Unterhose, wusch sich behelfsmäßig am Brunnen im Garten und verschwand eilends in seinem Versteck unter dem Wintergarten. Der Mond schämte sich ordentlich und hatte sich jetzt hinter den Mirabellenbaum versteckt. Nach einer Weile angstvollen Dösens schlief Fred endlich halbnackt und total erschöpft, an einen umgedrehten Gartenstuhl gelehnt, ein.

Die erwachende Sonne fing an zu wärmen und vertrieb damit die Gespenster dieser Nacht. Fred lauschte vorsichtig. Er hörte seine Mama weinen. Noch voller Misstrauen traute er sich doch aus seinem Versteck. Alles rundherum war so schön grün und friedlich. Die Natur hatte nichts bemerkt. Vielleicht war ja auch alles nur ein böser Traum gewesen und gar nicht so schlimm? Aber wieso war er dann ohne Hose in seinem Versteck? Papa war schon zur Arbeit weggefahren. Mama tröstete Fred auf ihre Art - er durfte an diesem Tag zu Hause bleiben. Als Papa wieder nach Hause kam, sprach er kein Wort. Sein Sohn schien für ihn gar nicht mehr zu existieren. Ob Papa überhaupt wusste, was ein Gewissen war?

Wer lange droht, macht nicht gleich tot!

Blutsbrüder

Norbert aus der Nachbarschaft war mit Fred in der gleichen Klasse. Seine Eltern waren Unternehmer und besaßen eine große Spedition. Also wurde der Sohn auch von Freds Eltern akzeptiert. Norbert und Fred nahmen diese äußeren Zwänge nicht so wichtig. Für sie war die gegenseitige Sympathie von entscheidender Bedeutung. Und der Ersatz das, was sie beide zu Hause vermissten: Anerkennung und Geborgenheit. Norbert genoss viele Privilegien durch seine reichen Eltern. Doch fehlte ihm, was Fred hatte - Unbekümmertheit, Spontaneität und den Hang, fortwährend seine Grenzen auszutesten. So ergänzten sich die beiden auf wundersame Weise. Sie verstanden sich wortlos und konnten sich aufeinander verlassen. Gemeinsam halfen sie sich auf ihrem Weg durch dick und dünn und lernten voneinander. Eines Abends hatten sie sogar während eines traumhaften Sonnenunterganges unterhalb des Schlosses auf vermeintlich „indianische Art und Weise" Blutsbrüderschaft geschlossen. Ein Schnitt mit dem Fahrtenmesser am Unterarm und dann beide nackten Unter-arme fest aufeinander drücken: Vollbracht war eine ewig dauernde Blutsbrüderschaft. Sie wirkte sich tatsäch-lich auch physisch aus! Seitdem bestanden sie die meisten Herausforderungen nur noch gemeinsam. Das war beileibe keine Erfüllung aller esoterischen Träume. Nein, sie wollten nur von der gegenseitigen Hilfe profitieren. Nach dem Motto: *„Geteiltes Leid verblich - Geteiltes Glück verdoppelt sich!"*

Eines ihrer vielen gemeinsamen Abenteuer hieß Pistolenschießen. Norbert fiel immer wieder das Glück in den Schoß. Bei einer ihrer unterirdischen Abenteuer in den Tiefen der Kasematten des Heidelberger Schlosses fand er, in Fetzen von Packpapier eingewickelt, eine ziemlich rostige Pistole. Dieses, eigentlich aus dem Ersten Weltkrieg übrig gebliebene Relikt, hatte schon vierzig Jahren auf dem Buckel und war leider nicht mehr betriebsfähig. Eine Waffe, zumal eine „Mauser 14", reizte jedoch ungemein. Welcher Junge im pubertären Alter könnte einer solchen Verlockung widerstehen? Mit Geduld, handwerklichem Geschick und dem richtigen Werkzeug begannen die beiden die halbtote Pistole wieder zum Leben zu erwecken. Zuerst wurde das gute Stück zerlegt. Dabei stellten sie sich vor, zwei Soldaten zu sein, die ihre Waffen reinigen mussten. Mit Drahtbürste, Feilen und Schmirgelpapier aus Papas Werkstatt bearbeiteten sie das rostige Metall sorgfältig so lange, bis es wieder glänzte. Stück für Stück bis alle Teile wieder brauchbar schienen. Ein Rostloch übersah man geflissentlich. Hauptsache der Lauf war noch stabil! Dann alle Teile wieder zusammensetzen. Das war wie ein 3D-Puzzle! In völliger Unkenntnis der tatsächlichen Sachlage fieberten die zwei dem Probelauf entgegen. Einschie-ßen! Aber wie? Als erstes brauchten sie Patronen des Kalibers 7,65 mm. Auf dem Schwarzmarkt gibt es immer welche. Eine Schachtel mit Fünfzig Stück hätte dreißig Mark gekostet. Der Verlust des gemeinsamen Kapitals war vorprogrammiert. Norberts ganzes Taschengeld ging drauf. Und da Fred leider keines bekam, konnte er auch nichts dazu beisteuern. Das Problem war bitter, aber bekannt. Dafür war Fred clever und findig. Er hatte die zündende Idee etwas beizusteuern. - Zur Zeit rackerte er nach der Schule für eine große Wäscherei. Die Pakete mit Mangelwäsche brachte er mit seinem klapprigen Fahrrad zu den oft gebrechlichen Kundinnen. Meistens noch treppauf! Dafür erhielt Fred fünfzig Pfennig je Paket. Nur komisch, dachte sich Fred immer wieder, dass ausgerechnet die alten Leute, die eh kaum noch laufen konnten, meistens fünf Treppen hoch unter dem Dach wohnten. Auf jeden Fall flossen Freds mühsame Erlöse für die nächsten Ausfahrten komplett in ihren Neuerwerb. Das sorgte für einen gerechten Ausgleich.- Das war hart für Fred, aber dafür besaßen die Blutsbrüder nun einen tollen und hoffentlich funktionsfähigen Schatz.

Kaum war am nächsten Tag die Schule zu Ende, lockten ein endlos blauer Himmel und wärmender Sonnenschein zur abgelegenen Neckarinsel. Norbert die ‚heiße' Knarre und Fred die Patronen in der Hosentasche. Sie trauten sich nicht, die Waffe im Garten auszuprobieren. Die Gefahr durch den lauten Knall entdeckt zu werden war einfach zu groß. Für so eine geheime Operation waren die Häuser einfach gefährlich nahe dran. Auch auf der Neckarwiese wimmelte es, besonders wenn man niemand brauchen konnte, plötzlich von fremden Leuten. Wahrscheinlich hätte man die unter normalen Umständen gar nicht wahr genommen. Aber wenn man etwas anstellen wollte, bemerkte man doch vieles, das man sonst wahrscheinlich übersehen hätte. Die einfachste Lösung lag weiter flussabwärts. Auf einer einsam gelegenen Insel. Dicht bewachsen und selten besucht, abgelegen und weit hinter der Stadtgrenze. Als zusätzliche Sicherheit viel kaltes Wasser drum-herum. Das lag so in der Natur einer Insel und hatte den Vorteil, dass sich nur wenig Leute dahin verirrten. Es sei denn, ein eifri-ger Kanute musste dringend unterwegs austreten.

Hier war der richtige Platz, wo man auch mal gefahrlos knallen konnte. Ohne dass einen jemand hörte und gleich die Polizei rief. Erstmal horchen und sichern. Gemeinsam wateten sie behutsam durch den Seitenarm des Neckars. Fred ein, zwei Schritte hinterher. Bis zur Insel waren es vielleicht zehn Meter und knietief. Trat man aber in eine ausgewaschene Stelle, reichte es doch um nass zu werden. „Bei der Sonne sind wir bald wieder trocken", tröstete

Fred. „Außerdem ist es gut für die Lederhose, da bleibt sie schön geschmeidig!" Endlich fanden sie eine geeignete Astgabel für die Flasche, die Nobby vorsichtshalber als Ziel mitgebracht hatte. Fred musste noch warten, denn als Finder hatte natürlich Norbert den Vortritt. Die Flasche positionieren, zehn Schritte zurück und zielen. Bloß gut, dass die beiden keine Ahnung von der Gefährlichkeit ihres Vorhabens hatten. Es wäre nicht die erste alte Waffe, die durch die Rostschwächung hätte explodieren können. Es knallte fürchterlich. Die Flasche war überraschenderweise noch ganz geblieben. Aber dicht daneben hatte das Bleigechoss den dicken Ast durchschlagen. Die beiden schauten sich verdutzt an. Mit so viel Wucht hatten sie gar nicht gerechnet. Das überraschte sie und vergrößerte den nötigen Respekt. Jetzt war Fred dran. Innerlich war er skeptisch und hatte ein bisschen Muffensausen. Äußerlich machte er auf cool, wie man heute sagt. Was Nobby konnte, musste er auch hinkriegen! Er zielte und schloß vorsichtshalber seine Augen. Dann drückte er ab. Auch vorbei! So zu treffen wäre auch ein Wunder gewesen! Schade. Die Flasche war offensichtlich als Anfängerziel zu klein? Ganz so einfach war das nicht mit dem Schießen. Und das Treffen wollte offensichtlich auch gelernt sein. Jemanden zu fragen ging nicht. Die ganze Aktion war ja streng geheim. Da half nur üben. Sie hatten ja noch acht Patronen. Eigentlich nur noch sechs Schuss, denn eine wollten sie sich als Reserve und mindestens eine für „Notfälle" aufbehalten. Sie hatten keine Ahnung, was mit Notfall gemeint sein sollte. Aber man weiß ja nie. Vielleicht musste man ja zufällig einmal sein Vaterland verteidigen? Oder ein Leben retten? Jedenfalls sollte man auf wichtige Ereignisse vorbereitet sein... Also noch einmal - mit Schuss drei schaffte es Norbert, die Flasche platzen zu lassen. Nobby ließ die Pistole sinken und Schuss 4 traf einen Frosch, der gerade zurr Flucht ansetzte. So leicht löste sich ein Schuss! Fred war so geschockt, als das kleine grüne Wesen plötzlich alle viere von sich streckte und sich nicht mehr rührte, dass er vom schießen genug hatte. Norbert sah ihn zweifelnd und enttäuscht an. Jetzt wo er endlich traf, da gab Fred auf? Er sagte: „Komm jetzt sei kein Frosch!" „Nein, das hätte noch gefehlt!" Fred wollte auf keinen Fall das gleiche Schicksal erleben. Und er vermutete, dass es auch Norbert nicht wollte. Deshalb verzichteten sie auf weitere Schüsse und trollten sich. Außerdem hatten die Freunde nun noch genügend Reserve für weitere Heldentaten. Das gute Gefühl, sich wie ein Held zu fühlen, hatte heute aber einen deutlichen Dämpfer erlitten.

Was verboten ist, tut man am liebsten!

Schlossgeister

Schaurig schön und wiesenfeucht präsentierten sich die aus großen Granitquadern zusammengesetzten Gewölbe der Kasematten. Die schmalen, fast mannshohen Gänge, die steil aufwärts führten, zogen Fred in ihren Bann. Er und Norbert hatten im Halbdunkel die Orientierung verloren und keine Ahnung von ihrem Standort. Auf jeden Fall irgendwo in der normalerweise nicht zugänglichen Unterwelt der Heidelberger Schlossruine. Fred, der sich sonst immer sehr gut zurechtfand, überlegte. Ausgehend vom Einstiegsloch am Hang, weit unterhalb der ausladenden Balustraden, mussten sie sich nach der Strecke der zurückgelegten Krabbelei in etwa unter dem sogenannten Apothekenbau befinden. Eine sehr schmale Steintreppe führte nach oben. Hinter einer uralten, verschlossenen und sehr massiv wirkenden Holztür hörten sie ein vielfältiges Stimmengewirr. Das konnten nur Touristen sein, die das Schloss auf dem normalen ‚Bezahlweg' besichtigten. Hier kamen die beiden auf jeden Fall nicht weiter.

Fred und sein neuer Freund Norbert hatten sich durch ein total überwuchertes und relativ unscheinbares Loch am Schlosshang gequetscht. Das hatten sie anlässlich eines früheren Räuber-und Gendarmspiels unterhalb der langen

Schloßterrasse entdeckt. Da floss ein winziges Rinnsal ins Freie. Durch ein total verrostetes Eisengitter das, vom Alter schon schief gebeugt, vor einer unscheinbaren Kanalöffnung hing. Beim Rütteln daran war es fast komplett abgebrochen. Mit ein wenig nachhelfen war ein, zwar unbequemer, doch unheimlicher Zugang gefunden. Die zwei hatten noch keine Ahnung, wohin der Kanal führen würde, aber ihre Neugier war schon einmal geweckt. Also los!

Neben der dunklen, steilen Treppe, die vermutlich zu den Museumsräumen führte, floss das Wasser aus einem etwa handbreiten, zerbrochenen Tonrohr aus der Wand. An dieser Stelle verbreitete sich der Gang und schien sich zu teilen. Dieser führte von der Kasematte weg, direkt unter das Hauptgebäude der Schlossruine. Zunächst war der Weg von hohen, mannsdicken, gemauerten Ziegelsäulen gesäumt. Diese hohen Arkadenbogen wirkten irgendwie romantisch. Bestimmt trugen sie die Schlossterrasse darüber. Unwillkürlich stellte sich Fred einen antiken Weinkeller vor. Dieser hier war gut zehn Meter breit und ziemlich dunkel. Nur wenig Licht zwängte sich durch winzige Schießscharten, in der dicken Außenmauer. Die dunkle, kühle Feuchte, die trotz der Sonnenhitze draußen fast beklemmend wirkte, ließ die Phantasie der Beiden erblühen. Wenn jetzt das Jahr 1622 wäre, würde der große General Tilly vielleicht gerade das Schloss angreifen. Viele

Soldaten würden hier herumwuseln, Kanonen laden und abfeuern. Das wäre bestimmt ein furchtbarer Lärm und vor lauter Pulverdampf könnten sie nicht mehr richtig atmen! Die beiden zogen die feuchte, nach der wärmenden Sonne dürstende Luft tief in ihre Lungen und waren letztendlich froh, dass sich ihre Phantasie in der unheimlichen Stille verlor. Zurück in der Wirklichkeit hasteten sie schnell weiter, sonst würde es noch zu spät werden. Im dünnen Lichtkegel von Norberts alter Taschenlampe fanden sie den Abzweig zu einem weiteren engen Gang, der vielversprechend wirkte. Es wurden immer mehr Gänge. Um sich nicht zu verirren, kratzten sie mit dem wichtigsten Utensil eines echten Buben, dem Taschenmesser, bei jedem Abzweig ein Kreuz in den Boden. Leider waren fast alle Zugänge, die aufwärts führten, durch wuchtige, von Rost strotzende eisenbeschlagene Türen blockiert. Endlich, eine halb zerbrochene, durch die sie sich zwängen konnten. Außerdem mussten sie höllisch aufpassen, weil es immer sein konnte, dass auf der anderen Seite der Tür gar kein Boden mehr war! Wie hier - einfach das leere Nichts. Ein kalter Hauch und Schwärze wehte ihnen entgegen. Das Loch musste riesig sein, da sogar der Lichtstrahl der Taschenlampe verloren ging! Hier wehte der „Hauch des Todes" heraus. Vielleicht war das, was sie gefunden hatten, das früher so gefürchtete Verlies! Furchterregend allein schon die Vorstellung, was sich hier wohl vor vielen hundert Jahren schon alles abgespielt haben könnte. Vielleicht war „abgespielt" in diesem Zusammenhang doch nicht das richtige Wort?

Vorsichtig weiter an der feuchten Wand entlang tasten. Endlich wieder mal eine Stelle wo sich Tageslicht durch ein kleines Loch zwängte. Die Tür daneben entpuppte sich als Zugang zum ehemaligen Pulverturm. Der riesige Pulverturm hatte früher mindestens zwei Meter dicke Mauern im Rund. Da wo Fred jetzt stand, muss einstmals die halbe Höhe des Turms gewesen sein. Jetzt war er weitgehend mit Schutt und zerbrochenen Mauerquadern aufgefüllt. Der Grund dafür war bestimmt der berühmte französische General Melac, der schon um 1690 den Turm gesprengt hatte. Da Fred immer ziemlich neugierig war, hatte er sich vorher über das Schloss erkundigt. Es konnte ja nicht schaden, über seinen Spielplatz ein wenig Bescheid zu wissen. Später hatte der General dann auch noch den Rest des ganzen Schlosses zerstört. Für den weiteren Zerfall sorgte in den folgenden vierhundert Jahren das Wetter. Wenn man das Schloss heute besichtigt, kann man das Innere des ‚Dicken Turms' nicht mehr aus der Nähe bewundern. Heute ist die Unterhaltung im Vordergrund. Zum Beispiel das Heimatmuseum, das Freilichttheater oder der weltberühmte Weinfass bewacht vom Zwerg ‚Perkeo'!

Vor lauter Abenteuereifer wurde es doch noch ziemlich spät für die beiden Freunde. Um das Vesperläuten nicht zu verpassen, war nun eiligster Rückzug angesagt. Natürlich hatte, wie immer in solchen Situationen, die Taschenlampenbatterie ihren ‚Geist' aufgegeben. Irgendwo hatten die beiden bei ihrem hastigen Rückzug in der finsteren Umgebung wohl einen Gang verpasst. Glücklicherweise fanden sie aber doch noch eine Tür durch die ein wenig Licht drang. Mit ein wenig Mühe ließ sie sich öffnen. Ziemlich überrascht standen die beiden in einem benutzten, aber ziemlich rußigen hohen Raum. Überall standen oder hingen Küchenutensilien. Es sah aus wie in einer Museumsküche. Wo so viel altes Zeug herumlag, fand sich meist auch etwas für einen Liebhaber. Fred fand so quasi im Vorübergehen ein altes, sehr abgewetztes Messer. Er steckte es vorsichtig in seinen Hosenbund. So hatte sich für ihn sein Schlosserkundungsabenteuer am Ende auch noch gelohnt. Aber wie jetzt wieder hier rauskommen? Am offiziellen Ausgang saß ein Wärter und passte auf. Fred näherte sich und druckste ein bisschen: „Unsere Eltern sind schon voraus gegangen. Wir mussten noch aufs Klo." Der Wärter war verblüfft, ob dieser Dreistigkeit, mit der dieser Lausbub sich erklärte. Während er noch nach Worten suchte, suchten Fred und Norbert das Weite. Flugs nahmen sie „ihre Beine in die Hand" und wetzten mit Karacho los. Fast hätte Fred noch das Messer verloren. Gut dass es beim Fallen laut klepperte. Das war gerade nochmal gut gegangen. So lernten sie, nach noch vielen weiteren Besuchen, ihr Abenteuerschloss immer besser kennen. Auf ihre spezielle Art, die Touristen sonst verschlossen bleibt!

Dem Verlorenen folgt die Sehnsucht!

Die Mönchhofschule

„Solange Du Deine Füße unter unseren Tisch stellst......" Wer kennt nicht diesen tollen Spruch! Fred wuchs, doch für ihn wurde seine Welt immer enger. Alle negativen Klischees im Verhalten eines Dreizehnjährigen wurden von ihm übertroffen. Das waren auch keine Abenteuer mehr. Diesen war Fred offensichtlich entwachsen. Halt- und weitgehend auch führungslos bemühte er sich laufend, seine Grenzen auszuloten. Wo, wenn nicht in der Schule gibt es die besten Möglichkeiten seinen Wert zu finden? Durch den Umzug vom Gymnasium in Kaufbeuren in eine Heidelberger Realschule wurde er gezwungen, praktisch noch einmal die 5. Klasse zu wiederholen. Was für eine Demütigung seines Egos! Fred beschloss, das auf Kosten der Mönchhofrealschule schleunigst wieder geradezubiegen.

Knapp neunzig Meter vom Wohnhaus entfernt lag der Eingang der neuen Schule. Da reichte es sogar noch, erst loszurennen wenn er die Schulklingel hörte. Seine bisherigen Erfahrungen hatten ihn gelehrt: Wer negativ auffällt, bekommt mehr Aufmerksamkeit und Zuwendung. Eine Möglichkeit dazu bot sich durch Zuspätkommen. Dann wurde er zwar gerügt, aber er wurde dann beachtet. Durch gute Leistungen aufzufallen kam ihm seltsamerweise gar nicht in den Sinn. Am einfachsten schien ihm Zuwendung im Fach Religion zu erreichen. In „Reli" fragte Pfarrer Kreuzer regelmäßig die Predigt des vorhergehenden Sonntags ab. Deren langweilige Inhalte bestanden oft aus den Evangelien. Die waren im Gebetbuch kursiv abgedruckt und leicht nachzulesen. Pfarrer Kreuzer verlangte, dass die Schüler diese Evangelien jeweils auswendig lernten. Wer das nicht hinkriegte, durfte dann schon mal mit seinem berüchtigten dünnen Bambusstöckchen Bekanntschaft machen. Das wiederholte sich, wenn ‚seine' Schüler noch nach dem Gebetläuten um sieben Uhr auf der Gasse gesehen wurden. Und es war auch Fred schon passiert, dass der Pfarrer ausgerechnet ihm auf dem Wege entgegenkam, den er vorsichtshalber als Umweg gewählt hatte! Fast so, als hätte er es gerochen. Es war manchmal wie verhext. (Aber das durfte es in der Kirche auf keinen Fall geben!) Dann predigte er am nächsten Morgen im Unterricht die Geschichte vom abtrünnigen Sohn und der Nächstenliebe: Das züchtigen seiner Schüler geschehe nur aus Liebe zu seinen Schützlingen, denn dadurch bekämen sie die Chance auf ein Leben in ‚Zucht und Ordnung'! Es entging ihm auch nie, wer sonntags in der Kirche fehlte. Er hatte seine Augen überall. Und Gnade dem, der fehlte und dafür keine gute Ausrede hatte. Den stellte er sofort, natürlich „um ihn zu schützen" ‚an den Pranger'. Fred war fast immer in der Kirche. Nicht um brav zu sein, sondern weil er zu Hause übrig war und hier auffallen konnte. Durch den schönen Hall im Kirchenschiff lohnte es sich auch seltsame Geräusche zu erzeugen. Das hatte Fred von Papa gelernt. Der sagte immer wenn er furzen musste: „Hoppla! Bin magenkrank!" Das sollte als Entschuldigung genügen!

Eines Tages wurde der ‚Kreuzer' überraschend ins Direktorat gerufen. Keiner wusste warum. Fred nahm im allgemeinen Tumult sogleich die Gelegenheit wahr. Als der Pfarrer wieder zurückkam, war sein geliebtes Stöckchen, das er unter der Obhut seiner Bibel zurückgelassen hatte, plötzlich an die Länge seiner Bibel angepasst. Auf Nachfrage erklärten ihm Norbert und Fred, die ‚heilige Vorsehung' habe ein Einsehen gehabt! „Die wird euch schon noch einholen!", war sein ganzer Kommentar. Aber es nützte alles nichts. Am nächsten Tag hatte der Bambus wieder seine alte Länge.

Selbstverständlich waren damals die meisten braven Buben auch Messdiener. In der katholischen St. Raphael Kirchengemeinde waren viele Gelegenheiten: Maiandachten, Rosenkränze und später im Jahr noch diverse Andachten zu Allerseelen, Allerheiligen und Advent. Am schlimmsten waren die nicht enden wollenden Litaneien. Bei denen lohnte es sich nachzudenken, wie man sie etwas aufmischen könnte. Natürlich nur im Sinne der Steigerung der Fröhlichkeit in der Gemeinde! Zum Beispiel: über das lange Gewand stolpern, Käse unter der Kniebank oder bei unheimlicher Stille eine Knallerbse verlieren! Da wäre auch noch der Messdienerausflug zu erwähnen. Nicht nur, um ausgefallenen Kathechismusunterricht nachzuholen, hatte Pfarrer Kreuzer einen gemeinsamen Ausflug zum nahegelegenen Kloster Gauangelloch organisiert. Der Pfarrer meinte, in der Abgeschlossenheit des Klosters die Jungs besser im „Griff" zu haben. Außerdem war sein namenloser ‚Adjudant', der Bambusstock, immer zur Stelle. Kam er doch oft, als - angeblicher - Zeigestock sehr schnell zum Einsatz. Bei diesem Ausflug ergab sich dann eine gute Gelegenheit, sich einigermassen angemessen zu revanchieren. Während der heißgeliebte Pfarrer noch vor dem gemeinsamen Essen das Stille Örtchen aufsuchte, verlor Fred den „Kreuzerstock" hinter dem ‚Kamasutra', wo der humorlose Pfarrer nach bemerken des Verlustes bestimmt nicht suchen würde. Mit feixenden Blicken, der scheinbar so gehorsamen Buben erwarteten sie eine aufregende Suche. Aber der Pfarrer begann in aller Ruhe zu essen. Das Donnerwetter blieb aus. Dafür reagierte er, entsprechen seiner ständig gepredigten Nächstenliebe, ungewöhnlich verzeihend. Fred und seine Kumpels überstanden die nachfolgende Predigt - ohne Stock natürlich(!) - gelassen und fast ein wenig enttäuscht.

Da der offene Widerstand in Reli so gut funktionierte, ließ sich Fred nun gar nichts mehr gefallen. Je mehr die Schikanen sich häuften und je größer der zu Hause gesammelte Frust wurde, umso aggressiver reagierte er im Unterricht. Am leichtesten fiel ihm das Werfen mit Gegenständen. Besonders liebte er Kreide. Da konnte er gut sehen, wohin er getroffen hatte und der Beifall seiner Mitschüler brachte ihn dazu, sich wie ein Held zu fühlen! Fred hungerte nach jeder Art von Lob Damit wollte er seiner Mutter zeigen, dass er auch etwas erreichen konnte. Bei der Wahl von Schreibmäppchen und anderen größeren Gegen-ständen als Geschoss steigerte sich der Beifall! Fred gab sich ganz gezielt und bewusst zu erkennen, sonst hätte die nachfolgende Strafe ja alle seiner Mitschüler getroffen! Trotzdem kamen Fred manchmal Bedenken, weil sich dieses Verhalten ja nicht bis ins Unendliche steigern ließ. Er müsste noch etwas Wirksameres finden. Ein Messer vielleicht? Nun war es eher Freds Glück, dass sich die Lehrer dieses Verhalten nicht länger bieten ließen, zumal sich inzwischen schon Nachahmer fanden. Der kurzzeitige Ausschluss Freds vom Unterricht brachte keine Abhilfe. Er ließ sich noch mehr schöne „Streiche" einfallen. Zum Beispiel die Wände mit Kreide bemalen (der frühe Künstler!) oder Kleiderhaken an der Garderobe abzuschrauben (der Monteur, der früh übte!). Bald darauf wurden seine Eltern in die Schule zitiert. Die Eltern - das heißt genauer, seine Mutter, weil der Papa sich um Wichtigeres zu kümmern hatte - versprachen dem Kollegium, dem ‚bösen Kind' mehr Zuwendung angedeihen zu lassen. Es blieb bei hohlen Phrasen!

Der Vater sollte, wie üblich, aus diesen Angelegenheiten herausgehalten werden. Aber der Bengel wurde ob seines verdorbenen Charakters weiterhin bestraft oder bestenfalls nicht beachtet. Das Ende vom Lamento: Nach einem weiteren nutzlos verbrachten Vierteljahr wurde Fred endlich von dieser Schule entfernt. Der Zutritt zur Schule wurde ihm mit der amtlichen Auflage, eine andere Schule zu besuchen, untersagt. Fred war glücklich und fühlte sich erlöst vom Joch dieser Schule. Aber er hatte sich zu früh gefreut. Neben der, auf den Ausschluss folgenden, Strafe der Eltern, sechs Wochen in seinem Wintergarten eingesperrt zu sein, musste er nun auch noch auf ein privates Gymnasium, das Geld kostete, wechseln. Das war die einzige Schule, die versprach des missratenen Burschen Herr zu werden. Außerdem mussten seine Eltern jetzt auch noch erhöhtes Schulgeld bezahlen. Dafür wurde Fred das schon geringe wöchentliche Taschengeld von einer D-Mark gestrichen und als sein persönlicher Beitrag zum Schulgeld betrachtet. Aus war's mit Rudern und Schwimmen. Das hatte sich für Fred nicht gelohnt! Die Erwachsenen hatten scheinbar doch den längeren Arm.

Aber auch seine Eltern hatten sich geschnitten! Die von ihnen verhängten Strafen zeigten nicht die von ihnen erhoffte Wirkung der Läuterung, sondern legten den Grundstein für neuen Hass. Freds neue Klassenlehrerin dagegen, Frau Dr. Waag, war nicht nur resolut, sondern auch sehr sensibel. Bald durchschaute sie feinfühlig Freds Hintergründe. Aus Freds Sicht schien sie mehr Mutter als Lehrerin zu sein. Allmählich legten sich seine aggressiven Attacken, er beruhigte sich und sie begann Freds Spaß am Lernen zu wecken. Sein Verstand wurde aktiviert. Er begann zu begreifen, dass es sich lohnen würde zu lernen und viel zu wissen. Und langsam begriff er auch die Bedeutung von sozialer Gemeinschaft.

Unschuld ist die stärkste Festung!

Frau Dr. W.

Das „Englische Institut"- ein Elite-Privatgymnasium für Kinder und Heranwachsende der, so hieß es damals, 'etwas betuchteren' Heidelberger Geschäftsleute. Das Schulgeld des 'EI' war damals kein Pappenstiel! Doch Fred hatte, weil er von der staatlichen Realschule ‚geflogen' war, keine Wahl. Dafür waren die Klassen kleiner und jede Menge ausgezeichneter Lehrer bemühten sich, den frechen, kleinen „Hosenscheissern" etwas beizubringen. Sogar echte Professoren kümmerten sich um die „Halbwüchsigen". Freds neue Klassenlehrerin hieß Frau Dr. Waag. Eine ältere, reife und sehr freundliche Dame. Etwas stämmig war sie keine Schönheit, aber ihre unterschwelligen weiblichen Reize irritierten Fred hin und wieder. Sie unterrichtete die Sprachen Englisch und Deutsch und kümmerte sich bei allen Problemen in der Klasse. Fred ertappte sich öfter bei dem Gedanken: „So ähnlich hätte ich mir eine Mama gewünscht."

Fred wurde neben Richard, den Sohn eines Augenoptikers, gesetzt. In der gemischten Klasse gab es insgesamt nur zehn Bänke mit zwölf Schülern und sechs Schülerinnen! Fred war baff entsetzt - Mädchen? In seiner Klasse? Das erlebte er zum ersten Mal. Wie sollte man sich da verhalten? Da Fred bis dahin - aufgrund seiner bisherigen schlechten Erfahrungen mit seiner albernen Schwester und dem „Hungerhaken" Ersatzmutter - ziemlich voreingenommen, musste er sich entscheiden, ob er lieber „überlegen" sein wollte oder lieber „sich unterwerfen" spielen sollte. Wie sich bald herausstellte, war das den Mädchen völlig egal. Das irritiert Fred noch mehr. Zwei von ihnen beeindruckten ihn aber nachhaltig und das bis heute. Ingrid van Bosch, ein schlankes, großes, schon sehr erwachsen wirkendes Mädchen. (Vielleicht war sie sogar adelig?) Sie saß alleine in ihrer schmalen, knarrenden Holzbank und wirkte auch noch ziemlich „hochnäsig". Das zweite schön gebaute Mädchen, Hannelore, hieß bei den Jungs nur „Hanniböllchen". Das kam so: Weil sie oft sehr schöne weit ausgeschnittene Kleider trug, fielen an deren oberem Ende zwei auffallende runde „Bällchen" auf. Das reizte nicht nur Fred, aber er glaubte gleich, dass sie seine erste große Liebe erwidern musste. Hanniböllchen war sich ihrer Wirkung durchaus bewusst. Dabei ging es Fred (vorläufig) nur um den „Besitz" dieser auffallenden Spielzeuge. Den Begriff Liebe kannte er ja überhaupt nicht. Woher auch? Niemand in seinem familiären oder weiteren sozialen Umfeld hatte ihm je Liebe vorgelebt, noch hatte er bisher Liebe oder etwas Vergleichbares zu spüren bekommen.

Ein weiterer Mitschüler, an den sich Fred noch ein Leben lang erinnerte, hieß Akin Etan. Ein Junge indischer Eltern.

Der war so wohlerzogen, dass er durch seine Aufmerksamkeit und Hilfsbereitschaft regelrecht auffiel. Für Fred ein völlig fremdartiges und fast unheimliches Verhalten. Akin war mit seiner ausgeglichenen Art, sowie seiner dunklen und exotisch duftenden Haut für Fred ein Fremdkörper im wahrsten Sinn des Wortes. Überhaupt wirkten fast alle Kinder dieser Klasse sehr sauber und wohlerzogenen. Der Einzige, der nicht so richtig dazu passte, war Fred. Aber er hatte, wie schon einmal erwähnt, keine Wahl. Es blieb ihm nun nichts anderes mehr übrig, als Mitglied dieser Klassengemeinschaft zu werden. Die gesetzliche Schulpflicht zwang ihn dazu. Sich einzufügen, das war für Fred ein Fremdwort! Das war kein leichtes Spiel für Fred. Und auch nicht für die Klasse oder deren Lehrergemeinschaft! Fred sorgte auch gleich am ersten Schultag für seinen „passenden Ruf". Ein älterer, auch etwas aufsässiger Junge, der bislang keinen Widerspruch geduldet hatte, hatte sich Fred als ‚Opfer' ausgeguckt. Jedenfalls versuchte er kurz nach dem Unterricht, Fred zu provozieren. Glücklicherweise half ihm Frieder, sein neuer ziemlich langer Banknachbar. Dadurch ging diese Konfrontation noch einmal ziemlich glimpflich aus. Einige Tage später lauerte der gleiche Kerl ihm wieder auf, um seine „verlorene Rechnung" zu begleichen. Fred hatte wieder einmal Glück. Kurz vorher im Kunstunterricht, hatte er einen grobschlächtigen, ziemlich starken, aber nicht ganz so hellen Mitschüler aus der Parallelklasse kennen gelernt. Fred wiederum hatte Egon bei einem Unsinn, den dieser angestellt hatte, gedeckt. Nun ist ja bekannt, dass eine Hand die andere wäscht. Sein „Drolli" Egon, ein Riese von Gestalt, weilte gerade in der Nähe und beobachtete, wie Fred angriffen wurde. Egon stürzte sich impulsiv auf den Angreifer und verteidigte ‚seinen' Fred und schlug Alex KO. Dadurch war der Provokateur schnell außer Gefecht gesetzt und versuchte nie wieder, Fred anzugreifen. Der gute „Nebeneffekt": Viele seiner anderen Mitschüler machten nun in Zukunft vorsichtshalber einen großen Bogen um Fred, da der ja nun einen „Beschützer" hatte.

Das Physiklabor dagegen war Freds Welt. Da war er Feuer und Flamme. Er liebte es zu experimentieren und hatte deshalb in weiser Voraussicht zum Physiklehrer einen guten Draht aufgebaut. Sein großes Interesse an den Naturwissenschaften half Fred auch so ganz nebenbei, wenigstens ab und zu einmal zu glänzen. Trotzdem vergaß Fred nie, dass er selbst ein ganz besonderes Exemplar war und dass er auch auf andere Weise glänzen konnte. Bald ergab sich eine „unauffällige" Gelegenheit. Ein unbeliebter Mitschüler hatte zufällig seinen Laborplatz neben Fred. Sie hantierten mit älteren, etwas arg wackeligen Bunsenbrennern. In unmittelbarer Nähe lag noch ein Stückchen Magnesium. Das war wohl vom vorhergehenden Versuch übrig geblieben und fristete in einer Petrischale sein Restedasein. Der Missliebige passte nicht auf und war mit seinem rechten Nachbarn in eine heftige Diskussion vertieft. In diesem Moment fiel dessen leuchtender Bunsenbrenner um. Nach „Murphys Gesetz", nach dem immer alles schlechter als nötig kommt, natürlich genau auf den Rand der Petrischale. Durch den Anstoß kippte diese. Das Magnesium fing sofort an zu brennen und setzte die dicht daneben stehende Schultasche in Brand. Nun war richtig was los. Das entstandene Tohuwabohu gab Fred die günstige Gelegenheit, geistesgegenwärtig (weil vorbereitet) den Gashahn am Ende des Labortisches abzustellen. Für das geistesgegenwärtige Abstellen der Brenner-Gaszufuhr bekam Fred Sonderpunkte in Physik. Der Physikprofessor nutzte den Vorfall gleich, um die Schüler noch einmal zu belehren, dass erstens Magnesium ziemlich gefährlich sein konnte und zweitens mit Bunsenbrennern nicht zu spaßen war! Freds eigentliche Belohnung bestand in der - quasi - erschlichenen Assistenzstelle beim Physikprofessor. In Zukunft durfte Fred helfen, die Versuche im Fach Physik vorzubereiten. Selbst Frau Dr. Waag versuchte vergeblich diesen Erfolg Freds bei seinen Eltern in Anerkennung umzumünzen.

Die Blüte wird bewundert, nicht der schwierige Weg dahin!

USAREUR Heidelberg

Auf seinem täglichen Schulweg passierte Fred kurz vor seiner Schule das einzige europäische US-Army-Europe-Hauptquartier in HEIDELBERG. Unbedarft, wie er sich meistens gab und neugierig zugleich, sprach Fred einfach die Wache am Hauptportal an. Das war gar nicht so leicht, da diese Soldaten ein völlig anderes Englisch sprachen, als das, das Fred in der Schule gelernt hatte. Aber vielleicht war es auch ganz nützlich, um seine Englischkenntnisse zu testen und vielleicht sogar zu erweitern. Außerdem wollte er gerne mal „hinter die Kulissen" dieser riesigen Kasernen-Stadt schnuppern. Aber so einfach, wie er sich das vorgestellt hatte, ging das nicht. Es bedurfte eines „Türöffners"! Da fiel ihm sein amerikanischer Nachbarjunge Michael ein. Dessen Vater war doch ein General oder so etwas ähnliches. Der war doch bestimmt ein hervorragend geeigneter Schlüssel, um den Zugang zum Hauptquartier zu öffnen.

Am nächsten Nachmittag lud Mister West seinen Sohn Michael und Fred zum Eisessen ein. Fred nutzte die Gelegenheit und fragte Michaels Papa, ob er einmal das Hauptquartier besuchen könnte. Herr West schlug Fred vor, am nächsten Tag nach der Schule an der Wache nach ihm zu fragen. Außerdem würden in der großen Kegelbahn immer schnelle Pinboys gesucht. Das wäre doch die gesuchte Gelegenheit! Ein Dollar die Stunde. Das wäre doch eine tolle Sache. Dann wäre er drin und hätte vielleicht noch eine Verdienstmöglichkeit. Am Abend weihte Fred ganz vorsichtig Mama ein. Sie hasste die Amerikaner. Das wusste er. Aber wenn sich eine Gelegenheit zum Lernen bot…. könnte es ja sein, dass sie doch einwilligte. Die Verbesserung seiner Englischkenntnisse war schließlich auch ein gutes Argument! Und dazu noch ein kleines Taschengeld. Dieser Handel war für Fred fast schon eingetütet!

Am nächsten Tag, nach der Schule, fragte Fred mutig am Eingangstor nach Colonel West. Da waren die Wachsoldaten alle plötzlich sehr freundlich. Der Colonel musste ein „höheres Tier" sein und er war bestimmt ziemlich wichtig. Jedenfalls klappte der Einlass nahtlos. Fred wurde mit einem Jeep abgeholt und fand sich kurz darauf in einer riesigen Leichtbauhalle wieder. Da reihten sich zwanzig Kegelbahnen nebeneinander. Dahinter fand sich ein großes, offenes Restaurant und überall waren viele Soldaten sowohl in Zivil als auch uniformiert. Herr West wartete schon auf Fred. Er zeigte ihm erst einmal, wie man kegelte. Ziel war es, mit der Kugel so zwischen die ersten beiden Kegel zu treffen, dass alle zehn Kegel umfielen. Danach wurde der Wurf auf einer großen Tafel mit Leuchtziffern dargestellt. Zum guten Schluss war es das

Wichtigste, dass die Kugel auch wieder zum Spieler zurückrollte. Das sollte Freds „Hauptarbeit" werden. Und als Arbeit entpuppte sich die Tätigkeit schon bald. Kaum war Fred das erste Mal in seiner Kegelbox, etwa 1m x 1m klein, kam schon die erste Hartgummi-Kugel angestürmt. Peng!!! - mit ohrenbetäubendem Krachen spritzten acht Kegel von ihrem Platz auf der Rollbahn kreuz und quer durch die Box. Zwei wackelten noch etwas, blieben aber stehen. Die circa 40 cm hohen Holzkegel knallten im wahrsten Sinn des Wortes völlig unkontrolliert zwischen Freds Beinen durcheinander. Auf dem Rand der Box hielt sich Fred in einem Meter Höhe krampfhaft fest und versuchte den Kegeln auszuweichen. Nach jedem Wurf musste er in die Box springen und die schwere Kugel auf die Rücklaufrinne hieven. Sie rollte dann, allein durch die Schwerkraft angetrieben, auf einer „schiefen Ebene" wieder nach vorne zum Platz des Keglers zurück. Der jeweilige Aufstellautomat über der Box stellte die Kegel selbsttätig da-durch wieder auf, dass er eine Schnur von jedem Kegel durch eine darüberliegende Führung zog. Wenn alle Kegel gerade hingen, stellte der Automat sie gemeinsam wieder ab. Fiel dabei einer doch noch einmal um, wiederholte der Apparat den gan-zen Vorgang noch einmal.

Fred fiel das Springen noch leicht und die Aussicht auf den Dollar erhöhte seinen Spaß. Daher besuchte er, so oft es ging die Bowlingalley. Manchmal passierte er auf seinem Fußweg das Armynachschublager. Da wurden ständig Massen von Gütern und Gerätschaften, Möbeln und Maschinen bewegt oder gestapelt. Da häuften sich oft hunderte von Schreibtischen, tausende von neuen und alten Schreib-und Rechenmaschinen. Wo kam das ganze Büromaterial bloß alles her und wo sollte das ganze Zeug nur wieder hin? Für Fred unfassbar, wuchs in ihm doch bildlich der Eindruck: „Amerika das Land des Überflusses." Obwohl dies sicher nur ein winzig kleiner Ausschnitt eines unfassbar großen Landes war.

In der immer belebten Mehrzweckhalle wurde sonntags, nach dem Kirchenbesuch auch getanzt. Komischerweise tanzten fast immer nur Männer miteinander. Fred wunderte sich sehr, weil es doch auch einige Soldatinnen gab Aber die Soldaten waren einfach in der Überzahl. Bald merkte er, dass das gar keine Rolle spielte, weil die Tänzer - immer sechzehn zusammen in einem Quadrat - ständig ihre Positionen und Plätze wechselten. Einer, der meistens auf einer Geige dazu fiedelte, gab die schnell wechselnden Tanzkommandos. Jeder tanzte für sich bestimmte Figuren, die dann aber auch zu größeren Einheiten zusammengesetzt wurden. Auf diese Weise wirbelte alles scheinbar wirr durcheinander. Zum Schluss jedoch standen die, die zusammen angefangen hatten, auch wieder als Paar beieinander.

Fred durfte nach seiner „Kegel-Runde" öfter mitmachen und hatte einen Riesenspaß dabei. Nur: Jetzt musste er schon wieder lernen. Damals waren es noch vierundfünfzig Figuren. Und das alles in amerikanischer Sprache. Nach dieser ersten Begegnung begleitete ihn der „Square-Dance" sein Leben lang! Fred blieb dem Tanz sechzig weitere Jahre treu, bis ihn schließlich ein Rollstuhl zwang, mit dem Tanzen aufzuhören.

Doch für seinen Englischunterricht waren die gewonnenen Sprachkenntnisse leider keine Bereicherung! Frau Dr. Waag, seine Klassenlehrerin, kritisierte immer wieder: „Wir wollen hier Englisch sprechen lernen und nicht amerikanisch! Bitte, bemühe dich ein bisschen mehr." Sie war immer trotz aller Deutlichkeit sehr höflich. Außerdem war sie einer der wenigen Menschen in Freds Umgebung, der sich wie nur wenige sonst, viele Gedanken um Freds Zukunft machte.

Tanzt man hier auch im Quadrat, ohne ‚Square' wärs Leben fad!

Herr Trä(ai)ner

„Komm'! Los! Noch eine Bahn!" Am Beckenrand lief Herr Träner mit und feuerte Fred an. Sein 15-jähriger Schüler kam sogar beim Schwimmen ins Schwitzen. Die Kraft ließ deutlich nach und der Krampf in der linken Wade schmerzte wie verrückt. Vor lauter Anstrengung und Ehrgeiz konnte Fred überhaupt nichts mehr denken. Die Wand des Beckens kam immer näher. Keine Wende mehr. Nur noch anschlagen. Mit letzter Kraft krallte Fred seine noch kurzen Finger in die Spuckrinne, um nicht zu versinken. Wie aus weiter Ferne vernahm Fred die Stimme seines Schwimmmeisters: „Ganz große Klasse!" „Das reicht bestimmt für die kommende Schulschwimm-meisterschaft!" Herr Träner klang anerkennend, aber Fred war total ausgepowert. Er wollte sich freuen, aber er bemerkte im Augenblick nur noch den blassblauen Streifen am Beckenrand. Langsam keimte in ihm ein bisschen Stolz auf. Das wäre einmal etwas, womit er seine kritische Mama beeindrucken könnte. Nichts machte er ihr gut genug. Immer war er der Verlierer. Aber ein Sieg beim Schwimmen, das würde bestimmt ziehen. Da müsste auch sie ihn einmal loben. „Morgen Nachmittag kommst Du zu mir, dann machen wir zusammen noch ein paar Übungen zur Kräftigung deiner Muskulatur. Und ich massiere dir deine Beine, dann wird es besser mit den Krämpfen. Das kommt wahrscheinlich vom Wachsen. In Deinem Alter ist das ganz normal." Herr Träner versuchte Fred aufzumuntern. Fred hatte durch das Rudern im RGH außerordentlich kräftige Oberschenkel. Am liebsten ruderte er im Zweier oder Vierer mit Steuermann. Die Ruder-Gesellschaft-Heidelberg war eine Art „zweite Heimat" für ihn geworden. Und das Wasser war sein Lieblingselement. Rudern und Schwimmen entwickelten sich deshalb zu seinen liebsten Sportarten.

Fast jeden Nachmittag zog Fred mit seinem Freund Norbert an den Neckar. Rudern, tollen, streunen oder schwimmen. Irgendetwas fiel ihnen immer ein. Am meisten reizten die neckaraufwärts fahrenden Schleppzüge. Die Jungs ließen sich bis zur Alten Brücke mitziehen und dann mit der Strömung in Rückenlage gemütlich zurücktreiben. Dazu hängten sich an die meist sehr tief im Wasser liegende Deckskante. Das war gar nicht so einfach, weil die meisten Schiffe selbst neckaraufwärts ziemlich schnell waren. Diese Aktionen waren außerdem echt gefährlich und die Besatzungen der Schleppzüge passten meistens auch gut auf, um die Jungs am Anschwimmen zu hindern. Aber genau das war es, was reizte! Da durfte man nicht zu früh starten, damit der Kapitän einen nicht schon beim Heranschwimmen bemerkte. Wenn das Führerhaus vorüber war, hieß es: mit Volldampf loskraulen, den

Decksrand zu fassen kriegen und sich dann gemütlich ziehen lassen. Da war dann genügend Zeit zum Ausruhen und Kräfte sammeln. Kritisch war dann erst wieder der Moment, bei dem man das Schiff wieder losließ. Dann musste man schnell vom Schiff wegkraulen, damit man nicht in die Heckströmung gesaugt wurde. Auf dem Rückweg spielte man dann einfach „Toter Mann".

Herr Träner unterrichtete Schwimmen im Turnunterricht des EI. Hier im „Englischen Institut", einem ziemlich ‚vornehmen' Privatgymnasium in Heidelberg, ging Fred jetzt zur Schule. Im Rahmen des Schulsports fand das Schwimmen dann, mangels eines eigenen geeigneten Schwimmbeckens, im Heidelberger Freibad statt. Herr Träner lobte Fred oft ob seines besonderen Schwimmeifers und zeigte ihm, dass er ihn für einen durchaus hoffnungsvollen Nachwuchsschwimmer hielt. Und Fred bewunderte ihn ebenfalls. Erstens weil er sein Talent würdigte und zweitens war er auch ein toller Schwimmmeister. Ein schöner, sympathischer Mann mit dicken Muskelpaketen und immer sehr freundlich wirkend. Fred gegenüber zeigte er schon fast väterliche Gefühle. Und da Fred mit seinem Vater viele Probleme hatte, fand Herr Träner offene Türen....

Ja, bis zu einem Samstagnachmittag. Herr Träner wohnte wie Fred auch in Neuenheim in einer kleinen Dachmansarde direkt über dem Hotel „Zum Schiff". In der Brückenstraße neben dem Beginn der Theodor-Heuss-Brücke. Die uralte, ausgetretene Treppe, die von Stockwerk zu Stockwerk immer schmaler wurde, bestand aus edlem dunklem, handbearbeitetem Holz. Mit schön geschnitzten und geschnörkelten Handlaufstützen. Nur die Stufen ächzten und knarrten. Sie führten Fred bis ins fünfte Obergeschoss. Das denkmalgeschützte Haus aus der Zeit der Reformation roch ziemlich muffig. Jedenfalls wirkte alles im Gegensatz zu seinem Trainer uralt. Jung und dynamisch wartete er schon ungeduldig. Er schenkte ein Glas perlenden Sprudels ein. Durch das niedrige, aber breite Dachfenster bemerkte Fred die herrliche Aussicht auf das Schloss, den Neckar und die Altstadt. Noch interessanter fand er aber ein ziemlich ver-staubtes Segelschiffmodell, das er auf einer alten Vitrine entdeckt hatte. Das stach Fred gleich ins Auge. Technische Modelle zu basteln gehörte zu den Dingen, die Fred wirklich interessierten. Wobei es nicht nur auf Funktionalität ankam, sondern vor allem auf die Ästhetik und die Schönheit. Fred sehnte sich emotional einfach nach Harmonie.

Herr Träner beobachtete seinen Schützling aufmerksam. Natürlich bemerkte er auch Freds sehnsüchtigen Blick. „Das gehört Dir, wenn Du schön lieb bist." Und dann fügte er noch schnell dazu: „Und wenn Du bei der nächsten

Schulmeisterschaft unter die drei ersten kommst!" „So, und jetzt machen wir erst mal ein paar Übungen! Das geht in der Badehose auch viel besser." Fred tat es Herrn Träner gleich und trennte sich von Hemd und Hose. Zum Glück hatte er schon eine Badehose drunter, weil er nachmittags bei Sonnenschein sonst immer gleich zum Neckar hinunterging. Fred musste sich bäuchlings auf eine schwarze, lederbezogene Massageliege legen. Nach Anleitung des Schwimmlehrers bemühte er sich penibel, alle geforderten Schwimmbewegungen korrekt auszuführen. „Jetzt das Gleiche nochmal in Rückenlage." Herrn Träner war es wohl zu warm, denn er hatte sich inzwischen sogar seiner Badehose entledigt! Langsam begann er Freds Beine zu massieren. Das tat gut. Immer weiter aufwärts. Als er bei den Oberschenkeln angekommen war, zog er auch Fred die Badehose herunter. „Die stört nur beim Massieren und hier guckt ja keiner", erklärte Herr Träner. Fred wagte nicht zu widersprechen. Schließlich war Herr Träner der Schwimmlehrer und eine Autorität. Außerdem galt er als Trainerkapazität. Da musste er es schließlich besser wissen! „Dein Glied sollte auch ein bisschen kräftiger werden, dann bekommst Du auch mehr Kraft in den Beinen!", fügte er noch ganz bestimmend hinzu und begann daran zu reiben. Fred wurde ganz heiß. So etwas hatte er noch nie gehört und außerdem wurde das Ding jetzt auch noch steif. Das war ihm äußerst peinlich. Fred war hin und her gerissen. Sollte er gehorchen und still halten oder abhauen? Da war einerseits die Hoffnung auf den Sieg in der Meisterschaft und dann noch das schöne Segelschiff, das er ihm versprochen hatte. Und jetzt fing da unten auch noch alles an zu zucken. In diesem Moment beugte sich Herr Träner über ihn und versuchte seine Lippen auf Freds Mund zu drücken. Er roch schrecklich. Das war denn auf jeden Fall doch zu viel. Fred rollte sich blitzschnell zur Seite und ließ sich von Herrn Träner weg von der Liege fallen. Er spürte keinen Schmerz, sondern griff beherzt nach seinen noch am Boden liegenden Hosen.

Herr Träner war viel zu überrascht, um zu reagieren. Wie ein Wiesel war Fred durch den Türspalt geschlüpft. Er rannte so schnell es ging die Treppen hinunter. Er flog förmlich, am Geländer entlang rutschend, immer ein paar Stufen auf einmal nehmend. Fred kam ins Straucheln und stürzte. Er fing sich am Geländer ab und rutschte den Rest des Weges, halb auf dem Handlauf hängend, bis er an die Haustür knallte. Bloß raus aus dem Haus. Zwischen Haus und Neckar bot ihm ein Busch ein bisschen Deckung. Er war immer noch nackig und streifte sich schnell wenigstens seine Badehose hoch. Das Hemd! Mist, das hatte er in der Eile vergessen. Egal - er rannte nun, halb bekleidet, den Neckar entlang über die große Liegewiese. Weiter bis hin zu den Gebäuden des Ruderclubs. Dort musste Fred erst einmal richtig Luft holen. Nun hatte er auch Gelegenheit seine kurze Hose wieder überzuziehen. Mit nacktem Oberkörper machte er sich, noch halb betäubt von seinen Erlebnissen, auf den Heimweg.

Norbert, sein Schulkamerad, begegnet ihm feixend. „Nanu, warst Du schon baden?" „Ja, mir war so heiß, da musste ich mich ein bisschen abkühlen", log Fred und zitterte immer noch ein bisschen. Das Ganze hatte ihn so schockiert, dass er gar nicht mehr richtig denken konnte. Er war überwältigt von einem Gefühl der Leere und Hoffnungslosigkeit und spürte noch immer nachwirkend dieses komische Gefühl zwischen den Beinen. Darüber konnte und wollte er auf keinen Fall sprechen. „So. Und wo hast Du Dein Hemd gelassen?" „Oje! Das... das... das hab ich verloren", stotterte Fred verwirrt. „So, wie ich deine Mama kenne, wird die sich aber saumäßig freuen!", feixte Norbert, dem die Reaktionen in Freds Zuhause nicht fremd waren. Fred trottete schnell davon. Norbert sah ihm, seinen Kopf schüttelnd, nachdenklich hinterher. Das Schlimmste für Fred war die Zeit, die jetzt kam. Er war desorientiert und völlig handlungsunfähig. Als er nach Hause kam, war das verlorene Hemd natürlich Thema Nummer eins. Auf der einen Seite war er nun zu dumm, auf sein Hemd aufzupassen. Auf der anderen ertrug er geduldig die Schläge. Zwei Tage Hausarrest. Auch das spürte er jetzt nicht mehr! Er fühlte sich nur noch wie von der ganzen Welt verraten. Wem sollte sich anvertrauen. Keiner würde sein Problem verstehen. Er konnte nun nie mehr zu seinem geliebten Schwimmsport zurück. Und Herrn Träner wollte er auch nicht mehr begegnen. Die Psychologie nennt so etwas ‚Posttraumatische Belastungsstörung'. Fred hätte nicht gewusst, was das sein sollte. Er fühlte sich einfach schrecklich. Und das Schlimmste daran: Wie sollte er jetzt nur weiterleben?

Blicke erst auf Dich, dann richte mich!

Die Folgen. Eine 'wissenschaftliche' Betrachtung

Viele Kinder reagieren auf sexuelle Gewalt mit einem sofortigen Schockzustand. Sie wirken meistens desorientiert und handlungs-unfähig. Andere wieder wirken fast überkontrolliert, reizbar, aggressiv oder verzweifelt; im besten Fall ziehen sie sich nur zurück. Neben häufiger Angst und emotionaler Betäubtheit ist auch das unfreiwillige Wiedererleben der Gewalterfahrung eine typische Folge einer Traumatisierung. Alle diese Reaktionen sind völlig normal, irritieren und überfordern aber häufig die Bezugspersonen. Oft tritt nach einer gewissen Zeit eine scheinbare Normalisierung ein, während der die Betroffenen versuchen, das Trauma zu verdrängen. Sämtliche dieser Folgen gehen oftmals einher mit dem Gefühl verrückt zu sein bzw. es zu werden. Viele denken auch, dass die Übergriffe vielleicht nicht „schlimm genug" waren. Entscheidend ist jedoch nicht, was passiert ist, sondern <u>welche Gefühle</u> es bei den Betroffenen ausgelöst hat.

Das Schlimmste an der Vergewaltigung ist, dass sie fast immer durch Menschen geschieht, denen das Opfer vertraute. Der Verrat am eigenen Sicherheitsgefühl und die Hilflosigkeit sind für das Opfer besonders schmerzlich. Die posttraumatischen psychischen Folgen sind stärker als die körper-

lichen Störungen. Oft noch verschlimmert durch die Reaktionen der nächsten Umgebung, die es, wenn überhaupt, meist vom Opfer selbst erfährt:

1. Sie unterstellen dann dem Opfer, zu lügen.

2. Sie gehen dem Opfer aus dem Weg.

3. Sie nehmen das Trauma des Opfers nicht ernst.

Da bleibt dem Opfer als Reaktion nichts anderes übrig, als ein gestörtes Selbstwert- und Identitätsgefühl zu kompensieren. Dazu kommen noch chronische Scham- und Schuldgefühle, Ängste und Depressionen bis hin zu Suizidalität. Außerdem erleben sie dissoziative Störungen und eine dadurch erhöhte Gefahr, immer wieder zum Opfer oder gar auch selbst zum Täter zu werden. Psychosomatische Beschwerden sowie ein negatives Verhältnis zum eigenen Körper bis hin zu selbstverletzendem Verhalten sind oft die Folge. Beziehungsprobleme, Gewalttätigkeit, sozialer Rückzug, eine misstrauische Haltung anderen Menschen gegenüber sowie ein chronisches Gefühl der Hoffnungslosigkeit sind meist weitere Folgen eines solch gravierenden Übergriffes!

Der Frühschoppen

An einem schönen Sonntagmorgen, kurz nach dem Kirchgang, entzog sich Freds Vater wieder einmal dem häuslichen Gewitter und zog seinen obligatorischen „Frühschoppen" vor. Der Streit mit Freds Mutter Käthe war nicht zu überhören. Die leicht vorhersagbare Folge: Papa flüchtete mit seinem noch ziemlich neuen Nissan aus der Kellergarage.

Nun war der Vater für Fred einerseits eine bedingungslose Autorität, andererseits aber ein Buch mit sieben Siegeln. Fred war neugierig und versuchte immer wieder, eines dieser Siegel zu knacken. Das half ihm oft, Neues zu entdecken und erweiterte auch ungemein Freds Wissensschatz. Fred wollte alles gern genau wissen. So wollte er auch schon lange heraus-finden, was es mit diesem immer Streit auslösenden Früh-schoppen so auf sich hatte. Diesmal war die Gelegenheit! Es war Sonntag, er hatte gerade nichts anderes vor und er bemerkte, wie sein Papa gerade dabei war zu verschwinden. Kaum war Papa in der Garage, schnappte sich Fred sein selbst gebasteltes Fahrrad. Papa war schon losgefahren. Nun hatte Fred einen unschätzbaren Vorteil. Sein Stadtteil bestand überwiegend aus Einbahnstraßen. Sein Papa musste sich an diese Regeln halten. Wenn er mit dem Fahrrad gegen eine

Einbahnstraße fuhr, konnte er mächtig abkürzen. Er versicherte sich kurz, dass kein ‚Grüner' zu sehen war. (Damals waren die Polizisten noch grün gekleidet). Dann, schnell durch die Einbahnstraße hastend, erreichte er ruckzuck die Brückenstraße. So nutzte Fred seinen Vorteil. Mit dem Rad war er zumindest am Anfang viel schneller. Fred fiel das Märchen vom Hasen und dem Igel ein. Auf keinen Fall durfte Fred seinen Vater aus den Augen verlieren, denn er hatte ja keine Ahnung wohin die „Reise" führen sollte. Als ‚Hase' flitzte Papas Nissan auch schon vorbei, also ging es Richtung Bismarckplatz. Fred flugs hinterher. Wie gut, dass es schon Ampeln gab So konnte er seinen Papa immer wieder einholen, bis die Ampeln wieder auf Grün umschalteten. Fred wunderte sich ein wenig. Er erkannte seinen täglichen Schulweg. Aber dann ging es doch an der Schule vorbei und weiter Richtung Rohrbach. Sie hatten schon fast den Stadtrand erreicht. Noch zwei kleinere Querstraßen überqueren, dann bog der kleine Nissan ab. Der Vater parkte sein Auto unauffällig zwischen zwei großen Wohnblocks direkt am Straßenrand. Hier war Fred noch nie gewesen. Er hielt vorsichtig hinter der gegenüberliegenden Hausecke an und schwang sich vom Rad. Weit und breit keine Kneipe zu sehen! Sehr seltsam. Sein Vater überquerte die Straße. Fred merkte sich genau, auf welchen Klingelknopf er drückte. Es war der oberste im zweiten Eingang. Fred vernahm ein leises

Surren. Nachdem sein Papa eingetreten war, suchte er neugierig nach dem Namen des Lokals. Er wollte doch den Platz des „Frühschoppen" wiederfinden! Fred las verdutzt: „Lochbauer". Das Lokal war aber richtig gut getarnt!?

Jetzt kurz vor zwölf Uhr war es für ihn aber höchste Zeit wieder nach Hause zu radeln. Um halb eins wurde das Mittagessen serviert. Und wer nicht pünktlich da war, bekam nichts! Fred war pünktlich. Nur Papa fehlte. Als „Chef" konnte sich das auch leisten, sooo lange beim „Frühschoppen" zu verbringen! Fred sagte nichts. Am späten Nachmittag trudelte sein Papa gutgelaunt wieder zu Hause ein. Von Mamas Seite war die Stimmung eher unterkühlt. Auf der Suche nach einer guten Gelegenheit der eisigen Stimmung zu entgehen, beschloss Fred insgeheim dem „Frühschoppen"-Lokal doch noch mal „auf den Zahn zu fühlen". Eine Wirtschaft musste doch zu finden sein! Er schwang sich schnell noch einmal auf seinen wackeligen Drahtesel und sauste, eifrig die F&S-Dreigangschaltung be-nutzend, den gleichen Weg noch einmal nach Rohrbach. Den Klingelknopf hatte er auch schnell wieder gefunden und...brrrrr... Unterwegs hatte Fred in einem Vorgarten noch ein kleines Röschen „gefunden". Man musste im Leben ja auf eventuelle „Überraschungen" vorbereitet sein! Und seine bisherige Erfahrung riet ihm: Wenn man schon kein Geld im Sack hatte, kam ein Blümchen immer gut an! Damit konnte man sogar eine resolute Wirtin überzeugen! Er klingelte nochmal. Der Türöffner summte. Fred drückte fest und die Tür öffnete sich. Im Flur erklang eine dunkle Stimme: „Hier oben!" Fred nahm immer zwei Stufen auf einmal. Eine schöne schwarzhaarige Frau begrüßte ihn. Sie säuselte: „Hallo. Komm rein. Zu wem möchtest Du denn?" In diesem Moment stürmte ein nackiges Mädchen auf den Flur, erschrak und verschwand auch sofort wieder. Fred schaltete schnell: „Ich bin Fred, der Sohn vom Erwin, und wollte nur Ihrer Tochter mal „Guten Tag" sagen!" Fred hatte die veränderte Situation schnell erfasst. Eines war klar: Das konnte keine Kneipe sein! Höflich drückte er der offenherzigen Dame die Rose in die Hand. Diese zeigte sich sehr erfreut und bemerkte halblaut: „Galant wie der Papa!" Dann drehte sie sich flott um und rief, in die Richtung, in der das Töchterchen verschwunden war: „Rosi, Besuch für Dich. Ich schick ihn zu Dir rein!" Sprach's, öffnete eine Tür im Flur und schob Fred hinein. Er tastete sich durch eine Dampfwolke. In der Badewanne lag, kaum vom Schaum bedeckt, ein ziemlich großes Mädchen. Ihre goldenen Strähnen verdeckten teilweise ihre, schon deutlichen Knospen. Fred wunderte sich trotzdem. Die kleinen Löckchen weiter unten waren eindeutig viel dunkler als die hellblonden Kopfhaare. Er hatte keine Ahnung, wie man einen solchen Augenblick am besten überstehen konnte. Vielleicht einfach abwarten.

‚Rosimaus' klemmte sich eine Tube zwischen die süßen Knie und bat ihn, sie einzucremen. Als er sich zu ihr herunterbeugte umschlang sie seinen Hals und küsste Fred auf den Mund. Ihre Zunge schien überall zu sein. Er hatte alle Mühe, sich so festzuhalten, dass er nicht ganz ins Wasser fiel. Ihm wurde ganz weich in den Knien. Und Luft kriegte er auch fast keine mehr. Wie konnte sie nur so lange küssen, ohne zu atmen. Es war einfach schrecklich!

Auf eine solche Begegnung mit einem Mädchen war er aber auch überhaupt nicht vorbereitet. Hoffentlich war das nicht immer so? Freds Gedanken turnten Purzelbäume. Rosi wickelte sich in einen Bademantel. Auf dem Flur holte Fred erst einmal tief Luft. Puh! Ihre Mama lauerte schon und schaute ganz lustig drein. Sie schien immer noch sehr erfreut. So ein braver Junge, das wär schon was für ihre Tochter. Sie gab Fred noch einen dicken Kuss. Gott sei Dank ohne Zunge. Dafür zeigte sie ganz schön viel üppigen Busen. In diesem Moment fiel Fred der Spruch ein: Der Apfel fällt nicht weit vom Stamm. Hoffentlich war der stabil genug!

Auf seinem Fahrrad, wieder an der frischen Luft heimwärts tretend, ließ er sich den kühlen Wind um die Nase wehen. Er fühlte sich wie nach einer schweren Prüfung. Endlich löste sich die ganze Spannung. Fred überlegte: „Warum wird das Ganze nun eigentlich Frühschoppen genannt?"

Naiv hatte er bisher seinen Papa beim Trinken und Vespern vermutet. Aber nun? Irgendetwas stimmte da nicht. Vielleicht war er doch im falschen Lokal gelandet?

On y soit, qui mal y pense!

(Schlecht ist der, der schlecht darüber denkt!)

Das Backfischfest

Jedes Jahr im Sommer wurde in Worms das Backfischfest gefeiert. Freds Vater lud - in einem ‚Anflug von Großzügigkeit' - seine Kinder einmal mit ihm zusammen den großen Backfischrummel zu erleben. Hurra, da winkte ein Ausflug mit Papa!

Schwester Heike, inzwischen zwölf, und ihr Bruder Fred freuten sich sehr auf diesen Tag. Sonst war Papa immer sehr eingespannt und stand nur sehr selten zur Verfügung. Viel von seiner freien Zeit war gefüllt mit Hobbys und Sport. So blieb nicht viel Zuwendung für die Familie übrig. Besonders seit Papa in Pfeddersheim, einem winzigen Winzernest bei Worms, arbeitete. Da lebte er in einem zweiten Zuhause, um die viele Fahrerei nach Heidelberg zur Familie zu vermeiden. Dadurch war er aber noch seltener daheim. Um seine Kinder nicht ganz zu vergessen, bot sich diese „zufällig arrangierte" Gelegenheit förmlich an! Obwohl, Mama hatte auf diese „Einladung" sehr reserviert reagiert und sofort abgelehnt. Also fuhr der Papa nur mit seinen Kindern los.

Ähnlich wie beim Oktoberfest oder dem Cannstatter Wasen, war das Backfischfest eigentlich nur ein riesengroßer Rummel. Da gab es wie auf allen Rummeln den

Tintenfisch, Kinder-Karussells, Autoscooter und viele weitere aufregend wirbelnde Fahrgeschäfte. Laute Musik, Schießbuden, Karamellhäuschen, Magenbrot und sonst noch viel Trara. Rundherum war alles auf verschiedenste Art und Weise in Bewegung. Rauf und runter, hin und her und rundherum. Zusätzlich luden - wie auf jedem Jahrmarkt - viele Trink- und Würstchenbuden zum Verweilen ein. Überall kitzelten diese verführerischen Düfte die Leute in der Nase und kitzelte ihnen dann auch noch das Geld aus der Tasche. Da war es wirklich schwierig allen Verführungen der paradiesischen Schlangen zu widerstehen.

Die Kinder waren hell begeistert und wussten oft gar nicht, wo sie zuerst hinschauen oder hinlaufen sollten. Auch bemerkten sie kaum, dass sie schon seit geraumer Zeit von einer jungen, hübschen Frau in einem geblümten, luftigen Sommerkleid begleitet wurden. Die Stumme hatte sich still und heimlich zu ihnen gesellt. Sie schlenderte nun einfach mit. Erst als sie die Kinder zum Eisessen einlud, wurde sie wirklich bewusst wahrgenommen. Weil es zu Hause in Heidelberg nie Eiscreme gab, barg diese diskrete Aufforderung schon einen ganz besonderen Reiz. Nur schnell ausnützen, bevor so ein Angebot wieder zurückgenommen wird! Während des genüsslichen Schleckens erzählte die schöne Frau, dass sie Angela hieße. Papa wohne bei ihr zur Untermiete und sie gewähre ihm praktisch: „Obdach in der Fremde". So war ihre Bedeutung für Papa bald geklärt.

Fred interessierte sich mit seinen gut vierzehneinhalb Jahren nicht für Papas Wohl und noch weniger für Papas Obdach. Diese Dinge waren für ihn nicht wichtig. Trotzdem fand er diese fremde blonde und durchaus attraktive Eisspenderin sehr sympathisch. Warmherzig und liebenswert schien sie doch das krasse Gegenteil seiner Heidelberger Mama. Es machte ihn fast ein wenig stutzig, wie sie sich so lieb um Papa und seine Kinder bemühte. Fast so wie Fred sich eine ‚richtige' Mama gewünscht hätte! Angela bemerkte Freds wachsendes Misstrauen und erzählte ihm, dass diese Sympathie zu ihr wohl daher käme, dass sie seiner „richtigen" Mama aus Friedrichshafen sehr ähnlich sei. Fred war verwirrt. Seine Mama wohnte doch nicht in Friedrichshafen, sondern zu Hause in Heidelberg und sieht auch völlig anders aus. Da gab es für ihn keinerlei Ähnlichkeit zu entdecken. Gab es da etwa eine deutliche Verwechslung mit einer anderen Frau? Hatte er noch eine Mutter? Das würde auch manches erklären, das er gelegentlich einfach nicht einordnen konnte. Aber das wäre andererseits so gewaltig, dass er fast lieber gar nichts davon wissen wollte. Irgend etwas war oberfaul und in dem Maß, in dem sein Misstrauen stieg, nahm sein Vertrauen ab.

Der allgemeine Trubel und die steigenden Temperaturen ließen seine Überlegungen jedoch verblassen. Die Sonne war auf dem Weg zu einem neuen Hitzerekord und die Erlebnisse der Kinder gestalteten sich immer aufregender. Doch auch noch so schöne Tage vergehen leider wie im Fluge. Fred wurde von den vielen Erlebnissen regelrecht überrollt. Selbst das gemeinsame späte und reichhaltige Abendessen war für ihn, obwohl er sonst immer Hunger hatte, fast zu viel. Im Hintergrund pochten noch die durchdringend lärmenden Musikfetzen vom Festplatz herüber. Flirrende Lichter tanzten wie wild und zerrissen die allmählich heranwehenden dunklen Fahnen der anbrechenden Nacht. Wohlgesättigt brach die kleine Gesellschaft auf, die Heimfahrt anzutreten. Die Kinder waren inzwischen ziemlich erschöpft und wollten einfach nur noch schlafen. Die „Luftveränderung" hatte sie müde gemacht und die zahllosen neuen Sinneseindrücke überforderten die heranwachsenden ‚Gernegroßen'...

Um den Kindern die relativ weite Nachtfahrt nach Heidelberg zu ersparen, lud Tante (?) Angela alle ein, bei ihr zu übernachten. Papa hätte ja sowieso sein Zimmer da und Heike sollte bei ihr im großen Bett schlafen. Fred wurde auf dem breiten Sofa im Wohnzimmer ein bequemes Bett eingerichtet. Es war ihm inzwischen egal. Hauptsache bald schlafen können. Noch kurz das unvermeidliche Zähneputzen über sich ergehen lassen und dann war der schöne Tag endgültig zu Ende. Im Einschlafen streiften Freds Ohren noch ein paar Gesprächsfetzen von dem Geflüster zwischen Papa und Angela. Bald versank er in seiner Traumwelt. Und er träumte immer deutlicher. Eine ihm fremde Mama legte sich zu ihm. Die Fremde war weich und warm. Er kuschelte sich in sie und sie umfasste ihn liebevoll. Fred fühlte sich sehr wohl und begann zu schweben. Damit er den warmen Körper nicht verlor hielt er sich an ihrer Brust fest. Er spürte ihre Wärme strahlen und saugte diesen verlockend fremden Duft tief in sich hinein. Fred verschmolz förmlich immer mehr mit dieser fremden Frau. Er spürte immer deutlicher ein eigenartiges Beben. Sie wirbelten in einem rauschenden Becken unterhalb eines Wasserfalles. Das Wasser prasselte warm auf seine Haut und er fühlte seine Haut in allen Poren platzen. Dieses Becken hielt ihn unbarmherzig fest. Dennoch fühlte er sich irreal wohl. Er hielt still und ließ es sehnsuchtsvoll geschehen. Plötzlich loderte ein Feuer aus der platzenden Haut. Er versuchte sein Gesicht, zwischen ihren Brüsten, vor den Flammen zu schützen. Seine Welt wirbelte wild durcheinander. Überall waren Sternenstaub, Feuerschweife und Explosionen. Und doch fühlte er sich, inmitten dieser peitschenden Gefühle, seltsam geborgen. Das tosende Inferno ebbte ab. Ein tranceähnlicher Schlaf entzog ihn schnell und gnädig seinem Traumerlebnis.

Am nächsten Morgen saß Fred noch immer halb benommen am Frühstückstisch. In ihm hatte eine unbekannte Transformation stattgefunden. Seine Augen brannten, genau wie sein Körper. Sein Papa vermutete, dass beim letzten Essen etwas nicht in Ordnung gewesen sein könnte. Doch für Erklärungen fehlten Fred einfach die Worte. In seinem Kopf überschlugen sich die Gedanken. Langsam erst begriff er die Bedeutung von Angelas gestriger kurzer Bemerkung, sie sei ihm bestimmt so sympathisch, weil sie seiner „richtigen Mutter" so ähnlich sei! Freds bohrende Gedanken mahlten langsam, aber stetig. Sie suchten Halt, einen Ausweg oder wenigstens ein vages Verständnis, eine Erklärung. Also, so schloss er, konnte seine Mutter in Heidelberg nicht seine r i c h t i g e Mama sein. Da musste es irgendwo noch eine andere geben. Wo war sie? Viele seiner bisherigen Ahnungen, die ihn in bestimmten Situationen immer wieder einholten, erhielten nun deutlicher Gestalt. Was hatten ihm seine Eltern in den vergangenen Jahren nur vorenthalten? Er verstand die Zusammenhänge noch nicht genau, aber irgendwie glaubte er jetzt gar nichts mehr. Fred fühlte sich erneut betrogen und verlor den Halt. Der Boden, seine einzige Basis, die ihn noch stützen konnte, schwebte in einer erlösenden Dunkelheit davon. Er wurde bewusstlos.

Was Freude bringt, birgt oft Verdruss - Gefahr erzeugt durch Teufels Kuss!

Original Heidelberg

Im Winter würde Fred sechzehn werden. Heranreifen und von einem besseren Leben träumen: als gerechter Richter oder vielleicht sogar Künstler. Die Erkenntnis, dass er nur mit der „Mittleren Reife" nicht nach den Sternen zu greifen brauchte, holte ihn zurück aus seinen Träumen. Mehr hatte er bisher an handfester Ausbildung nicht vorzuweisen. Ziemlich dürftig, fand Fred. Nach neun mühseligen Jahren Schulbesuch musste er, nicht nur wegen unzähliger Auffälligkeiten nun auch das Gymnasium vorzeitig verlassen. Seine Eltern hatten ihm nahegelegt, endlich das Geld für seine Spaghetti's selbst zu verdienen. Die EI-Schulleitung hatte ihm unabhängig davon „nahegelegt" vielleicht doch lieber zu lernen, selbst zu laufen! Das sei auch die Meinung des Lehrkörpers, mit einer Ausnahme: Frau Dr. Waag. Seine Klassenlehrerin hatte ihm mit einer Träne im Auge Mut zu machen versucht. Sie hatte den Weggang von ihrem Problemschützling unendlich bedauert. Es sei wirklich schade um Fred, weil er, wie sie immer wieder betonte „das Zeug zum Abitur" gehabt hätte. Der Wunsch seiner Eltern, dass er nun sein eigenes Geld verdienen sollte, sei eine Schande! Aber es half alles nichts, die Weichen für Fred waren gestellt! In diesem Zusammenhang erhob sich natürlich auch die Frage: Was ist eigentlich die Aufgabe einer allgemeinen Schule? Nur Wissensvermittlung oder die Lebensertüchtigung heranwachsender Menschen? Die Antwort darauf zumindest blieb offen...

Welche Alternativen hatte nun ein junger Mann in dieser Situation? Äußerlich auf dem Weg erwachsen zu werden, war Fred innerlich nicht nur auf der Suche nach seiner Jugend sondern auch nach seiner Identität! Ohne familiären Rückhalt blieb ihm im nichts anderes übrig, als eine vernünftige Berufsausbildung zu finden. Aber was wollte Fred überhaupt lernen, was konnte er akzeptieren? Nun war er auch noch genötigt nachzudenken! Jetzt wurde es richtig kompliziert. Da er inzwischen als Amateurfunker (DC3OT) in die Heidelberger Amateurfunkergemeinschaft aufgenommen worden war, interessierte er sich auch mächtig für alles, was nach Strom roch. Es stimmte tatsächlich - wenn die „Luft" Ozon enthielt (z.B nach einem Lichtbogen!) roch sie nach „Strom"! Zwar wäre sein allergrößter Berufswunsch Pfarrer, Polizist oder Richter gewesen. Aber dafür wäre, auf jeden Fall, ein gutes Abitur Voraussetzung gewesen. Das konnte er sich also abschminken. Eisenbahner wie sein Onkel wäre auch nicht schlecht gewesen? Aber dazu hätte er Heidelberg verlassen müssen...

Fred liebte schnelle Entschlüsse. Menschen, die zu lange überlegten konnte er nicht ertragen. Also entschloss er sich für einen Beruf, der „elektrisierte"! Elektriker bei den Stadtwerken vielleicht? Bei deren Personalabteilung wurde als erstes die subtile Frage gestellt: „Wie sind denn deine Zeugnisse aus-gefallen?" „Na ja - dann machen wir erst einmal einige hauseigene Tests", hörte er den Altmeister der Lehrwerkstatt vor sich hinmurmeln. Das war Fred dann doch zu „aufwendig". Schließlich sollte so ein Beruf doch Spaß machen und nicht in Arbeit ausarten. Die nächste Alternative: Radiomechaniker - das wäre noch eine akzeptable Alternative gewesen. Beim Anblick von Freds Abschlusszeugnis schüttelte der Meister bedauernd seinen Kopf. Fred war ganz froh darüber, denn der Meister war ihm eh nicht sehr sympathisch. Nun wurde es, zumindest in Heidelberg und in technischer Richtung, eng.

Freds Mama kam noch auf die glorreiche Idee: Ein Handwerk mit dem man sich ernähren kann, das sei das einzig Vernünftige! Sie machte sich mit Fred im Schlepptau auf den Weg in den Odenwald. In Waldmichelbach besaß ein Schwager eine gut gehende Bäckerei mit Konditorei. Sie pries die Vorzüge ihrer ‚Allgäuer Brut' in den höchsten Tönen. Fred und der Schwager waren begeistert. Um Freds Not in eine Tugend zu verwandeln wurde ein Lehrvertrag aufgesetzt und unter-schrieben. Dann ließ sie Fred da und verabschiedete sich schleunigst.

Brav stand Fred von nun an jeden Morgen um halb vier in der gut geheizten Backstube und füllte Teig aus der Knetmaschine in die Brötchenrollmaschine. Die fertigen Brötchen und süßen Stückchen mussten spätestens um halb sechs bei den Schulen und im Krankenhaus sein. Das war immer Stress pur. Später wurden dann fast nur noch Sahnezeugs und Torten kreiert. Die Inhaber gaben sich wirklich viel Mühe, Fred für diesen Beruf zu begeistern. Aber trotz der vielen süßen Verlockungen warf Fred nach vier Monaten das Handtuch und stand wieder vor der Heidelberger Haustür.

Als letzter Ausbildungsbetrieb blieb nun nur noch die Fabrik „Original Heidelberg" übrig. Diese Fabrik für Druckmaschinen war die wirklich allerletzte Möglichkeit mit einer technischen Lehrwerkstatt. Hier konnte Fred immerhin zwischen zwei Berufen frei wählen: Maschinenschlosser oder Werkzeugmacher. Das war zwar fast das Gleiche, aber leider beides ohne „Strom"! Das war ungefähr wie zwischen Pest und Cholera zu wählen. Fred entschied sich für den Feinmechaniker. Das hörte sich insgesamt feiner an.

Am ersten Tag ging es schon um sieben Uhr los, also mitten in der Nacht. Stempeln, einkleiden und dann den Arbeitsplatz kennen lernen. Fred wurde herumgeführt. Nahm sein neues Werkzeug in Empfang. Musste seinen

Kasten einräumen und dann mit den anderen Lehrlingen zusammen die Werkstatt sauber machen. Fred stutzte. Er hatte doch noch gar nichts gearbeitet, also konnte er auch noch gar nichts schmutzig gemacht haben! Er versuchte, diesen Umstand dem Meister zu erklären. „Ich dachte die Werkstatt sei noch sauber." Doch der schien leider schwerhörig zu sein. Oje, das fing ja gut an. „Einen sauberen Arbeitsplatz reinigen und dann auch noch ein schwerhöriger Meister!", brummelte er vor sich hin. Obwohl er „seine Meinung" sehr leise gedacht hatte, schien das Meister Protzki doch noch gehört zu haben. Vielleicht war er doch nicht so schwerhörig, wie Fred vermutete? Da drang auch schon eine dröhnende Stimme an sein Ohr: „Erstens sind wir nicht zum Denken hier und zweitens ist der Einzige, der hier denkt, der Chef!" Fred war von der Wirkung der Lautstärke erst einmal beeindruckt, aber das legte sich schnell wieder. Im Augenblick dachte er nur, Gott sei Dank ist der hier nicht der Chef. Aber diese Erkenntnis behielt er vorsichtshalber erst einmal für sich.

Am zweiten Tag lernte Fred mit Hilfe einer Feile den Ernst des Mechanikerlebens zu glätten. Ein u-förmiges Stück Eisen von circa 6 cm Länge sollte an einem abgesägten Ende auf 55 mm Länge gekürzt werden. Dazu sollte er noch ein Ende auf 45° abschrägen! Er überlegte: Mit Hilfe einer Fräsmaschine wäre das schnell erledigt und dazu noch genauer! Er nahm sein Eisenstück und wollte, um eine besonders schön gelungene Arbeit abzuliefern, damit in die große Maschinenwerkstatt wandern. Dort hatte er bei der ersten Besichtigung eine Menge solcher Maschinen gesehen. Die arbeiteten schließlich wesentlich schneller und genauer. Meister Protzki fing ihn ab: „Wohin des Weges, kleiner Mann?" „Zum Bearbeiten meines Werkstückes natürlich!" antwortete Fred geduldig. „Wenn ich mit diesem Teil einen Preis gewinnen soll, muss ich mir ja etwas einfallen lassen! Und rationell arbeiten kann ja auch nichts schaden!" Herrn Protzki blieb die Luft weg. Und das kam bestimmt nicht oft vor. „Etwas einfallen kann höchstens einem Architekten und davon sehe ich hier keinen!" „Du bewegst dich jetzt ziemlich flott zur Werkzeugausgabe und holst mir eine Dose „Haumichblau", aber dalli!" Fred wunderte sich. Von so etwas hatte er noch nie gehört. Das U-Eisen konnte ja noch ein bisschen warten und auf *diese* Überraschung war er doch sehr gespannt. Er klingelte an der Theke der Werkzeugausgabe: „Der Meister braucht noch eine Dose „Haumichblau". Hab zwar keine Ahnung, was das ist, aber dafür seid ihr ja da! Also Beeilung, der Meister wartet!" Der lange Josef, Vorarbeiter in der Werkzeugausgabe, beugte sich vor, packte Fred am Latz seines Blaumanns und verpasste ihm eine gewaltige Ohrfeige. „Erledigt! Der Nächste!", hörte Fred noch im schallenden Gelächter aller Kollegen. Das hatte gesessen. Nach diesem Genuss einer Portion ‚Haumichblau' zog es Fred vor krank zu werden. Nun hatte er schon wieder schmerzhaft etwas dazu gelernt. Das ging ja Schlag auf Schlag!

Nach vielen weiteren leidvollen Tagen in dieser Werkstatt und dem notwendigen, aber schier endlos erscheinenden Erwerb von Grundkenntnissen der Metallbearbeitung wie Schneiden, Biegen, Bohren, Fräsen, Hobeln und Schweißen hatte Fred doch noch einiges gelernt. Und später auch oft davon profitiert. Aber die körperliche und sozialpsychische Belastung verlangte jedoch ihren Tribut. Fred war noch in keiner Weise belastbar. Im Gegenteil: Seine Empfindsamkeit bescherte ihm einige Magengeschwüre und deshalb musste auch diese Lehre leider vor ihrem regulären Ablauf beendet werden. Meister Protzki war es wohl nicht unrecht und Freds Eltern schluckten dieses Fiasko ihres Sohnes ohne äußere Regung. Zu Freds Ertüchtigung wollten sie nichts beigetragen. „Nun kannst du ja Hilfsarbeiter werden!", war ihr einziger Kommentar. Fred war wieder einmal grenzenlos enttäuscht. Er fragte sich, worin der Sinn liegen mochte, dass Eltern sich sechzehn Jahre lang angeblich bemühen, ihrem Sprössling den Weg ein akzeptabler Mensch zu werden, zu zeigen nur um sich dann mit einem „Nichtsnutz" abzufinden?

Selbst ist der Mann, wenn er auch noch gar nichts kann.

Gar lustig ist...

...das Soldatenleben. Fred musste sich nun endlich entscheiden - Lehre oder Leben! Er überlegte in alle Richtungen. Über kurz oder lang stand die Wehrpflicht an. Das geringste Übel schien eine Flucht nach vorn zu sein. Etwas lernen, Militärdienst ableisten und sich dabei von aller irdischen Schwere zu befreien. Nichts kam diesem Wunsch näher als zu fliegen. Um schnell Pilot zu werden, blieb Fred nichts anderes übrig, als sich auf zwölf Jahre zu verpflichten. Bei der Gelegenheit käme er auch noch von zu Hause weg, wo er sich sowieso nur um seine Freiheit betrogen fühlte. 1959 verpflichtete er sich für eine Dienstzeit von zwölf Jahren bei der Bundeswehr. Dafür war ihm hauptsächlich eine vorzügliche Flugzeugführerausbildung versprochen worden. Das schien ihm das geeignete Sprungbrett zu einem Leben in Freiheit zu sein. Aber wie so oft im Leben - hatte er das ‚Kleingedruckte' nicht gelesen! Man sollte halt, wenn man sich so lange bindet, nicht alles glauben, was versprochen wird, sondern lieber den Vertrag genau lesen!

Der Einzug in die Grundausbildungskaserne in Fürstenfeldbruck versprach vordergründig alles andere, als ein Leben in Freiheit zu werden. Es folgten drei Monate der Unterordnung, des mühseligen Schleifens eines rohen

Steines. Das Endergebnis sollte wohl edel werden. Ein paar Kanten wurden gebrochen, doch edel war nur die Einordnung in ein Soldatenleben, das ohne Kriegsnotwendigkeit jeden Bezug zur Realität eines normalen, freiheitlichen Lebens verloren hatte. Einzig die Aussicht auf das Fliegen ließ Fred Drill, Dreck und Druck überleben. Denn für das unvergessliche Erlebnis des Fliegens, davon war Fred überzeugt, lohnte sich fast jede Mühe. Auch wenn der Flugausbilder hinter einem - und sozusagen „im Nacken" saß. Oft war Fred sogar dankbar für die hautnahe, praktische Hilfe. Sie ließ ihn die wichtigen Erfahrungen sammeln, die man nicht allein im Simulator oder durch ‚Probieren' lernen kann. Zumal bei der Bundeswehr 1960 die Möglichkeiten zu fliegen noch sehr begrenzt waren. Außer dem Leichtflugzeug Piper, dem Trainer Do27 und dem Opa unter den Transportflugzeugen, der Noratlas, standen nur ein paar alte von den alliierten Engländern und Amerikanern ausrangierte Tiefdecker, Hubschrauber und einmotorige Düsenaufklärer zur Verfügung. Während der ersten fünfzig wichtigen Flugstunden in Kaufbeuren, Fürstenfeldbruck und Manching wurde der Gefreite Fred an die Universalität der ‚Piper' gewöhnt. Das schönste Gefühl für das Abenteuer ‚Fliegen' vermittelte aber der gelbe Tiefdecker Harvard Mk IV, der seiner Farbe wegen oft „Zitronenbomber" genannt wurde. Das war ein ursprünglich kanadischer einmotoriger Zweisitzer mit

Pratt & Whitney 9 Zylinder Sternmotor. Mit 550 PS voll kunstflugtauglich und als Tiefdecker ein ideales Schulflugzeug. Eine relativ langsame und sehr übersichtliche Maschine mit gutmütigem Flugverhalten. Fred genoss die Flüge mit der T6 entlang der idyllischen Allgäuer Alpentäler. Tiefflug war zwar nicht erlaubt, machte aber wie alles, was verboten war, riesigen Spaß!

Während der Ausbildung lernte Fred noch viele andere Standorte und deren Menschen in ihrer Umgebung kennen. Ebenso wechselten dadurch die Flugzeuge vom Düsenjet T33 bis zum ‚antiken' amerikanischen Fotoaufklärer RF84F. Die Tage waren neben der praktischen Ausbildung gefüllt mit Theorie, Englischunterricht und Wetterkunde. Freds ‚neue Freiheit' bestand fast nur noch aus Büffeln. Da war abendliche Abwechslung sehr willkommen. Nicht ins Cabaret oder Theater. Nein zum Schwof. Leider stand nur eine einfache Kneipe, überwiegend von Soldaten besucht, unterhalb des Flugplatzes zur Verfügung. Ein bisschen tanzen, ein bisschen flirten und anschließend wie echte Kavaliere die süßen Mädchen nach Hause bringen. Da hatte so mancher dunkle Hausflur seine helle Freude. Wenn die nur hätten erzählen können. Und im blinden Eifer machten leichtsinnige Soldaten immer wieder die gleichen Fehler und bemerkten es erst zu spät!

Bald wurde Fred zur Marinefliegerstaffel in Jagel bei Schleswig versetzt. Zuerst kam ihm die Kombination Flieger und Marine komisch vor, aber dieses Spezialgebiet der Fliegerei entwickelte sich zu seiner interessantesten Zeit bei der Bundeswehr. Täglich Einsätze zum Aufklären und Retten und Ölkontrollen über Nord- und Ostsee. Die Rettungsflüge erfolgten hauptsächlich mit Helikoptern. Ganz nebenbei lernte Fred noch ein wenig von Schleswig-Holstein kennen. Die viele Freizeit ermöglichte ihm auch hier, sich unter die Leute zu mischen und sie schätzen zu lernen. Natürlich vorzugsweise weibliche. Es war unglaublich, wie viele einsame Hausfrauen damals rund um die Militärs vom ‚Zusatzglück' träumten. Nach ungefähr einem Jahr bei den Marinefliegern wurde der Unteroffizier Fred zum neuen Richthofengeschwader nach Upjever versetzt. Hier begegnete er das erste Mal nicht nur einem schönen Flugzeug, dem Starfighter, sondern auch einer bildschönen und neugierigen Frau.

Fred fand es sehr praktisch in seiner durch den Schichtdienst entstandenen zusätzlichen ‚Freizeit' zu arbeiten. So richtig fett zum kargen Militärsold dazu-verdienen. Mit den einhundertundzehn Mark vom Bund gelangen selbst damals - bei auch kleinen Wünschen - keine großen Sprünge. Also, an den freien Tagen bei Radio Gerdes anheuern. Das Schwarz-Weiß-Fernsehen verbrei-tete sich gerade sehr schnell in der zivilen Bevölkerung. Fred arbeitete als Fernsehantennenbauer. Die „Chefin" namens Hannelore hatte sich in den feschen Fred verguckt. Gerne zeigte sie Fred nach der Arbeit noch die Schönheiten von Jever und seiner Umgebung, ohne die eigenen zu vergessen. Anläßlich solcher Ausflüge machte Fred öfter die Bekanntschaft vieler Käfer im Moos des Friesenwaldes. Einige Tage später überraschte ihn sogar ein weißer ‚Käfer' mit Ehemann, der seine Frau suchte. Die Verfolgungsjagd ging über Feld und Stein. Fred in seinem altersschwachen Weltkugel-Ford schaffte es aber immer wieder, den Käfer des Ehemannes auf den vielen Waldwegen rund um den Fliegerhorst, die er von den militärischen Ausmärschen kannte, abzuhängen. Als sie endlich dass Sperrgebiet erreicht hatten, war die wilde Jagd schnell zu Ende. Der gehörnte Ehemann durfte hier nicht weiterfahren! Und der ‚Romeo' war froh, dass er seine geliebte ‚Julia' nur noch am Tor zur Außenwelt absetzen musste. Er entließ seine Hannelore zum schweren Canossagang direkt in die Arme ihres wartenden Mannes. Der war glücklich und entließ Fred mit sofortiger Wirkung. Den traf der Verlust seiner Nebenverdienstmöglichkeit nicht so schwer, da er kurz darauf wieder versetzt wurde…..

Durch Fehler wird man klug, d'rum ist einer nicht genug!

Der Pressluftschuppen

Dank der wohlwollenden Unterstützung seines Dienstes hatte der Obergefreite Fred nun schon einiges vom Friesland genießen können. Zunächst mal in Richtung Norden und jetzt auch noch mittendrin. Nach Pinneberg, im Hamburger Norden. Da denkt man doch spontan an die Reeperbahn! Das klang vielversprechend. Ob denn der Dienst für solche Besuche genügend Zeit ließ? Er ließ! Aber erst einmal war Dienstantritt in Pinneberg. Der mit einigen Kasernen gespickte kleine Flughafen war fast vollständig von Hochmoor umgeben. Die täglichen Schulstunden auf einer PIPER mit Durchstarten und Außenlandungen am Rande des Moores waren abwechslungsreich. Tatsächlich passierte es einige Male, dass eine Piper mitten im Moor hängen blieb. Für dieses Flugzeug reichte wirklich fast jeder Parkplatz. Doch ohne festen Boden kamen auch die besten Piloten nicht mehr aus dem sumpfigen Gelände heraus! Wenn dann die Bergepanzer der dort stationierten Heeresabteilung ausrückten, und das passierte oft, wurde es richtig spannend. Behelfslandebahnen bauen, Flugzeuge aus unwegsamem Gelände bergen und noch weitere solcher Spezialaufgaben warteten auf die Kollegen. Bergepanzer waren durch ihr enormes Gewicht nicht gerade für unwegsamen Sumpf konstruiert. Daher wurden manchmal dicke Abschleppketten gebraucht. Die verbanden dann starke Pioniere mit starken Stahlseilen. Bei solchen Einsätzen war es oft lebensgefährlich daneben zu stehen. Einmal riss so ein Stahlseil, wirbelte wie eine Peitsche durch die Luft und halbierte einen Soldaten wie mit einem Samuraischwert. So ein Unfall ist immer schlimm mitzuerleben. Aber beim Militär ist Menschlichkeit nicht gefragt. Der Zweck heiligt die Mittel. „Da fallen auch mal ‚Köpfe'", wie ein Minister mal sagte. - Warum eigentlich meistens nur bei den Mannschaften? - Hauptsache das schrottreife Material wurde gerettet!

Der Dienst in Pinneberg war in Schichten eingeteilt. So ergab sich immer wieder ein kameradschaftliches Zusammensein auf der Stube oder unterwegs in der Umgebung. Fred begegnete immer wieder den urigsten Typen. Zum Beispiel der langhaarige Kalle aus Köln, im Zivilleben Textilvertreter, war der wohl ein ‚extremes' Exemplar. Trinkfest und kontaktfreudig. So war mit Kalle jeder Ausflug ins Freizeitvergnügen die Reise wert. Zum Beispiel war einer seiner zivilen ‚Kumpels' ein Fahrschulinhaber, der die Fahrstunden mit den Soldaten oft mit einem Bier begann und mit mehreren beendete. Bei diesem trinkfesten Fahrschulinhaber absolvierte Fred seine kurze Fahrausbildung für insgesamt dreißig Mark. Vierzehn Tage später, noch während der Prüfungsfahrt, erhielt er seinen neuen grauen „Lappen". Kalle, der seinem

Führerschein schon öfter hatte nachtrauern müssen, absolvierte sogenannte Fahrtrainings bis er seinen Führerschein wieder bekam. Er hätte in seinem zivilen Leben als Textilvertreter auch nicht ohne Führerschein arbeiten können. Trotzdem riskierte er ihn jeden Tag, wenn er wieder einmal sein Auto suchte.. Ihm gelang es sogar zu trinken, ohne zu schlucken. Dadurch kam es beim Bier oft zu Nachschubschwierigkeiten. Fred, der gar keinen Alkohol vertrug, jubelte regelmäßig Kalle sein eigenes Getränk unter. Gemeinsam lernten sie auf diese Weise neue, meist weibliche Menschen kennen. Kalle hatte - und um diesen Umstand beneidete ihn Fred sehr - die Gabe, mit seiner ‚Aura' Mädchen zu becircen. Egal wo und wie, Kalle brachte immer so viele Mädchen an den Tisch, dass alle Soldaten, die ihn begleiteten, zufrieden waren. Das war schon fast unheimlich. Kalle konnte alle Menschen regelrecht umgarnen. Das gelang ihm aber auch in anderen Situationen. Selbst eines Nachts, als ihm auf der Heimfahrt mit seinem ‚Buckeltaunus' der Sprit ausging. Dieses Mal nur dem Auto. Er klingelte morgens um zwei Uhr an einer Tankstelle den Inhaber aus dem Bett. Er schaffte es, sparsam wie er war, nur fünf Liter zu tanken und diese dann auch noch geschenkt zu bekommen. (Vermutlich war der Tankstelleninhaber, ob Kalles Dreistigkeit viel zu wütend, um zur Kasse zu laufen!) Eines Abends wanderte die ganze, noch nüchterne, Clique zum

„Pressluftschuppen" nach Pinneberg. Das war eine kleine Kneipe, die sich zwar Tanzbar nannte, aber mehr oder weniger ausschließlich von Bundeswehrsoldaten besetzt war. Das Tanzen hielt sich durch die getankten Promille meist sehr in Grenzen. Das Wichtigste in dieser Spelunke war natürlich nicht das Tanzen, sondern das Tanken am riesigen Biertresen. Eines Abends, es ging schon auf zwei Promille zu, wollte der Wirt kein Bier mehr an die schon lange nicht mehr durstigen Soldaten ausschenken. Kurzentschlossen packten einige von ihnen wie auf ein geheimes Kommando den Biertresen, hoben ihn ein Stückchen an und drehten in dann um 45 Grad. Daraufhin hatte der Wirt ein Einsehen. Alle bekamen noch ein Freibier und schnell stand der Tresen wieder ordentlich am alten Platz!

Es kam auch vor, dass der Zapfenstreich verpasst wurde. Das hatte unweigerlich Ausgangssperre zur Folge! Es war wieder einmal soweit! In zehn Minuten wurde der Zugang zur Kaserne geschlossen und so lange würde auch der Fußweg zur Unterkunft mindestens dauern. Da war guter Rat nicht nur teuer, sondern blitzschnell erforderlich! Fred und sein Kölner Kumpel verstanden sich ohne Worte. Hinter der Kneipe weideten Ponys, die leicht einzufangen waren. Zum Reiten konnte man sich an der Mähne festhalten... Am nächsten Morgen grasten zum großem

Appell, zwei braune Ponys (ohne Uniform) am Rande des Exerzierplatzes!

Irgendetwas ist besser als gar nichts!

Der Schneider von Halstenbek

Freds Zeit in Pinneberg neigte sich dem Ende zu. Ein paar Ausflüge ins nahe Hamburg waren für die Zeitsoldaten obligatorisch. Wer kennt nicht - wenigstens vom Namen her - Fischmarkt, Elbtunnel und natürlich die Reeperbahn. Obwohl diese Gegenden ziemlich weitläufig und auch nur abends wirklich interessant waren, lohnte es doch, sie einige Male zu besuchen.

Nachdem Fred günstig an den Führerschein gekommen war, hatte er seine gesparten 550 Mark noch übrig. Das reichte gerade so für einen weißen, wenig gebrauchten Opel Olympia Baujahr 1951. Einen, der trotz seiner überlackierten Schrammen sicher schon bessere Tage gesehen hatte. Aber so war Fred unabhängiger und konnte seinen Aktionsradius wesentlich erweitern. Jetzt war auch das Café Keese endlich in seiner Reichweite. Hier war es das Wichtigste, von den begehrten Damen an den Telefonen auch gesehen zu werden. Fred trug in solchen Fällen natürlich Zivil, meistens sein gelbes Pepitasakko. Das fiel bestimmt auf. Nun zahlte es sich auch aus, dass Fred früher im Haus der Jugend so fleißig tanzen geübt hatte! Wenn dann das Telefon am Tisch klingelte, war die Chance groß, die Dame, die einen zum Tanz aufforderte, auch beglücken zu können. Wenn die Auserwählte dann auch noch gut tanzen konnte, war das Meiste gewonnen. Die Anzahl der Schönheiten hielt sich allerdings in Grenzen. Da durfte Fred mit gerade mal einundzwanzig, im „Vierziger-Pool" nicht so wählerisch sein! Aber egal, es gab noch Schöneres als schöne Figuren. Bei einem solchen Kaffeehausbesuch lernte Fred am Tisch einen jungen Schneider aus Halstenbek kennen. Fred bewunderte aus eigener leidvoller Erfahrung dessen perfekten Bügelfalten. Es dauerte nicht lange und Detlev lud ihn zu sich nach Hause ein. Er stellte Fred seiner Mutter vor (die übrigens ausgezeichnet kochte!) und zeigte ihm seine diversen Bügeltricks. Die Hosenbeine anfeuchten, normal bügeln und danach die Falte mit einem Bügelholz feste pressen. Als sehr wirksam erwies sich auch die Begegnung mit Detlevs älterer Cousine. Die war zwar schon vergeben - wie leider fast alle schönen Frauen und meistens gut behütet - aber sofort in Fred verknallt. So fühlte es sich jedenfalls für ihn an. Sie wohnte in einer praktischen und schön eingerichteten Souterrainwohnung. Fred war froh, dass sie gleich um eine Verabredung zum nächsten Wochenende bat. Fred platzte schier vor lauter Vorfreude auf Detlevs ‚Familienanschluss' und war natürlich sehr pünktlich. Sogar mit (dieses Mal gekauften) Blumen. Wie sich dann herausstellte, hätte es dieser gar nicht bedurft, aber gute Gewohnheiten sollte man pflegen! Sie lud ihn zum Tanzen ein. Nach ausgiebiger Schmuserei in einer kleinen, schummrigen Bar, begleitete Fred seine neue Flamme wieder nach Hause. Letztendlich hatte sie Fred erfolgreich entzündet und er brannte lichterloh. Noch ein Schlummertrunk gefällig? Die halb vollen Gläser fristeten auf dem Tisch ein verlassenes Dasein. Da der Dienst rief und da die Nachbarn nichts merken sollten, kletterte Fred um fünf Uhr morgens durchs Fenster in den Garten. Bloß gut, dass die Wohnung im Souterrain lag. Trotz allem war es wieder einmal eine unvergessliche Nacht gewesen. Fast noch schöner als fliegen. Da aber auch Detlev zunehmend sein Interesse an Fred zu intensivieren begann, kam ihm seine erneute Abordnung zum Richthofengeschwader in Jever gerade recht. Ziemlich genau zweihundert Kilometer Abstand.

Es war gutes Bier, aber der Zapfen war ab!

Winter im Friesland

In Schleswig, bei den Marinefliegern wäre Fred schon gerne geblieben. Aber im Rahmen seiner Ausbildung sollte er noch das gerade aufgebaute Richthofen-Geschwader kennen lernen. Hier in Upjever sollte Fred noch an der Starfighterschulung teil-nehmen. Bislang war noch keiner vom Himmel gefallen. Diese Problematik war, zumindest in der Anfangszeit, auch nicht abzusehen. Tatsache war nur, dass die Maschinen ziemlich heikel zu fliegen waren. Regelmäßig fanden auch Notfallübungen statt. Fred musste, allerdings aus der NORATLAS, „Aussteigen mit dem Fallschirm" üben. Beim letzten Sprung landete er ziemlich unsanft. Fußknöchel und Knie gestaucht. Der Flugarzt stellte bei Fred zu schwache Fußgelenke fest. Das war ein Überbleibsel der Rachitis, die er in seinen ersten drei Lebensjahren hatte durchleiden müssen. Die Konsequenz: kein Fallschirmabsprung mehr. Da diese für das fliegende Personal aber obligatorisch waren, hieß das ebenso: Schluss mit dem Fliegen! Was nun? Als gute Alternative und Anbindung zum Lebensraum Flugplatz blieb dann nur noch die Flugsicherung. Aber das erforderte auch wieder eine neue Ausbildung mit erneuter Versetzung in Folge. Fred genoss die restliche Zeit bis zur Abordnung. Den alten Ford hatte er inzwischen wegen

Motorschadens ausgemustert. Entsorgung auf friesische Art: Einfach ohne Schilder über'n Deich. Irgendwann würde das gierige Meer die Reste schon holen. Heute würde da jeder zucken und die Hände über dem Kopf zusammenschlagen.

Fred erstand als nächstes einen preiswerten, gebrauchten schnuckeligen Fiat-Topolino. Der sollte ihn zu neuen Abenteuern begleiten. Da er nun nicht weiter zum Dienst eingeteilt wurde, hatte er genügend Zeit, neugierig die Umgebung zu erkunden. Von Wittmund über Neuharlingersiel bis Carolinensiel war alles flach und eher zum Urlauben geeignet. Sommer, Sonne und Meer, da war das Träumen nicht schwer. Leider war es Winter und bitterkalt. Um etwas Wärme zu tanken, hatte sich Fred verabredet. Eine dunkelhaarige, viel versprechende Schönheit, die, so glaubte er, ihr erstes Abenteuer erleben wollte. Und das wurde es auch! Auf dem Weg zu einer Tanzbar begann es zu schneien. Die Scheibenwischer an Freds Topolino kämpften tapfer mit den tanzenden Flocken. Auf einer „Abkürzung", einer winzigen landwirtschaftlichen Nebenstraße, die ein kleines Wäldchen querte, hielt Fred an um den kleinen Fiat vom Schnee zu befreien. Dieses Ambiente mit vom Schnee glitzerndem Gesicht, im schneebedeckten „Mäuschen" wirkte so romantisch, dass sich fast wie von Zauberhand dirigiert die Lippen fanden. Was folgte war fast heiß genug, um den

Schnee auf dem Autodach zu schmelzen. Aber nicht das Eis darunter. Die Zeit flog nur so dahin. Als die beiden sich nach vielen unvergesslichen Momenten endlich entschlossen, doch noch zum Tanzen zu fahren, startete Fred den Topolino. Der Motor lief, das Auto aber blieb stehen, sobald Fred losfahren wollte. Es ging weder vorwärts noch rückwärts. Das „Mäuschen" war ganz einfach mit den Rädern festgefroren. Jetzt, kurz nach neun, war guter Rat teuer. Wo sollte auf diesem einsamen Waldweg Hilfe herkommen? Handys gab es noch keine. Aber Füße. Fred stapfte los. Nicht allzu weit entfernt entdeckte er Lichter. Ein Bauernhof. Wo Lichter sind, dachte Fred, da ist auch ein Bauer und wo ein Bauer ist, gibt es bestimmt auch ein Traktor,. Einen Versuch war es wert. Seine Liebste, so allein gelassen, fror schließlich in der Kuschelbüchse. Fred drückte zaghaft auf den Klingelknopf. rrrrrrring klang es unheimlich laut in der Stille der langsam herniederschwebenden Schneeflocken. Der Lärm der Glocke in der Stille erschreckte Fred so sehr, dass er sich nicht mehr traute, noch einmal zu klingeln. Dieser nächtliche Lärm musste Tote wecken. Er wollte schon aufgeben, da raschelte es im Flur. Die Tür öffnete sich und wie ein Geist erschien ein ziemlich zerzauster alter Mann. „Moin, moin!" brummte der etwas ungehalten. Fred kam das mitten in der Nacht komisch vor. Aber in dieser Gegend war das so üblich. Fred jammerte, so gut er konnte: „Bitte,

bitte, helfen Sie mir. Ich bin dahinten im Wäldchen auf dem Weg festgefroren. Das heißt, mein Auto sitzt bombenfest und meine Frau erfriert! Haben Sie einen Traktor?" „‚Türlich hev ick 'n Trecker! But kiek mol op de Klock!" „Ja, ich weiß, ich bitte auch um Entschuldigung. Aber meine Frau friert. Können Sie mich nicht mit dem Traktor ein Stück weit aus dem Wald ziehen?" „Nu, denn", war die wortkarge Antwort. Die Tür schloss sich und die dicken Schneeflocken purzelten vom Himmel und verbreiteten wieder vorweihnachtliche Stille. Etwas bedröppelt stand Fred nun da und überlegte. Sonst gab es kaum eine Möglichkeit der Hilfe. Dann mussten sie eben bis zum nächsten Ort laufen. Er wendete sich um, ging die Stufen des Eingangs hinab Da, Fred war schon auf dem Rückweg, öffnete sich das große Scheunentor und ein uralter Lanz tuckerte heraus. Erleichtert sprang Fred auf und zeigte dem wortkargen Bauern den Weg. Mit wenigen Handgriffen und mit Hilfe eines Kuhstricks um die Stoßstange bekam der Topolino eine neue Antriebsquelle. Ein kurzer Ruck und das alte „Mäuschen" wurde vom noch älteren Traktor aus dem Wald gezogen. Samt Eis an den Rädern. Die fingen erst auf der Teerstraße mit dem entsprechenden Grip an, sich wieder zu drehen. Bei der Gelegenheit legte Fred gleich den 2. Gang ein. Der Motor blubberte ein paar Mal, aber dann startete aer doch. Fred ließ ihn ein paar Mal hochdrehen, dann hupte er kurz. Der

Bauer hielt an. Fred spurtete nach vorn um das Seil zu lösen und sich zu bedanken. Doch der Bauer hatte seinen Traktor schon befreit und fuhr gerade wieder los. Fred blieb nur noch, hinterher-zuwinken. Aber das ging wohl im Schneetreiben unter. Den Schnupfen, als Folge, hatte Fred bald überstanden Sonst hatte das Abenteuer keine Folgen. Das funktionierte sogar mit seinen zu schwachen Fußgelenken.

Nachdem er nun den Flugdienst quittieren musste, verbrachte er seine restliche Militärzeit als zweiter Towerkontroller in der Flugsicherung. Jetzt war auch wieder Zeit genug für ein Studium an der Bundeswehrfachhochschule. Das war seine Chance auf so eine Art „schnelles Abitur". Kurz bevor er den auf vier Jahre verkürzten Militärdienst quittierte, schaffte er auch noch die Prüfung zur erweiterten Fachhochschulreife. Nun konnte kommen, was wollte. Inzwischen hatte er viel Neues dazu- gelernt und war wenigstens ausbildungsmäßig einigermaßen gut „gerüstet".

Ganz allein macht nicht glücklich!

Hoch über Wuppertal

Eindeutige Geräusche drangen durch das Herzloch in der Tür. Chiefy, der englische Lieutenant und Chef einer umfangreichen Radar- und Überwachungsstation, hielt seine Sitzung. Also musste es nach acht Uhr sein! Denn pünktlich um acht Uhr ging Chiefy Turner daselbst seine ‚Daily News' lesen. In einem winzigen Holzhäuschen auf der Kuppe eines Berges. Ungetarnt, wie im Allgäu auf einer Alm. Nach genau zehn Minuten kam er dann, seine Zeitung unter den Arm geklemmt, heraus, um seinen Dienst fortzusetzen. Nach Chiefy konnte man die Uhrzeit stellen. Er repräsentierte mit unglaublicher Akkuratesse sein weit entferntes englisches Königreich. Die englische und militärische Radar- und Peilstation lag verborgen einsam, aber idyllisch auf einem der vielen Hügelrücken hoch über der Wupper und war eingebettet in üppige Wälder rundherum. Tief unten im Tal wand sich die Schlange der Schwebebahn entlang des silbernen Bandes durch Wuppertal-Barmen.

Obergefreiter Fred hatte seinen aktiven Flugdienst - mehr oder weniger unfreiwillig - mit einem Job in der Flugsicherung getauscht. Nun schob er vorübergehend angenehmen Dienst bei der Funk-und Flugüberwachung der englischen Airforce. Als Flugzeugführer war ja die

Ausbildung in der englischen Sprache obligatorisch und nun konnte er gut anwenden, was ihm bei den Englisch-Lehrgängen von den Lehrern beigebracht worden war.

Hier oben, rundum von Wald umgeben, wohnten naturgemäß auch verschiedene Vögel. Die vielen Flugtiere störten durch ihr Geflatter um die Peilantennen massiv die verschiedenen Peilvorgänge. Es sah aber auch lustig aus, wenn die Raben, die sich sogar auf den sich drehenden Radarschüsseln niederließen, damit Karussell fuhren. Da sich Freds Dienst sonst nicht besonders aufregend gestaltete, bastelte er ein Hinweisschild an einer lange Stange. „Military Birds only!" Diese Stange schraubte er dann am Dach des Klohäuschens fest. Offensichtlich beeindruckte das Schild die zwitschernden Vögel aber herzlich wenig. Womöglich verstanden die Wuppertaler Vögel gar kein Englisch!

Die anstrengenden „RundumdieUhr"- Schichten erreichten ihre Höhepunkte besonders am Abend. Zum Ausgehen war es nicht nötig, Englisch zu sprechen. Die schlauen Mädchen in der Balibar -aber auch die in der Hawaii-Bar verstanden die englischen Soldaten inclusive Fred auch ohne Worte. Selbst Chiefy vergaß hier ausnahmsweise seine Frau in der Heimat und spielte doch noch immer den exakten Gentleman. In den Bars aber ohne Zeitung und Swaggerstick. Das Kommando übernahm er immer dann wieder, wenn alle von der Peilstation mit dem LandRover wieder abgeholt wurden. Dann konnte die nachfolgende Rallye durch den dunklen menschenleeren Wuppertaler Wald zum Horrortrip werden. Man hatte ja sonst nicht viel Spaß! Von den unfallreichen Ab-und Umwegen wurde keiner ausgelassen. Chiefy bügelte alles wieder aus. Darauf konnten sich seine Soldaten verlassen! Ein Chieflieutenant richtig erfahren und mit allen Schikanen einer Garnison vertraut!

Fred wäre gerne noch länger bei dieser lustigen Truppe geblieben. Leider kam viel zu früh die erneute Abordnung. Dieses Mal nach Hannover.

Ein rollender Stein setzt kein Moos an!

Der Sonnensee

Seine auf vier Jahre nachbefristete Dienstzeit neigte sich langsam dem Ende zu. Fred wurde zum „A"-Controller befördert. Dieser Dienst war interessant, aber zermürbend. Im Dreitageturnus jeweils vier Stunden Dienst, zwei Stunden Pause, dann zwei Tage frei. Fred schlief immer noch in seiner alten, nüchternen Bundeswehrkaserne in Hannover-Langenhagen. Ganz praktisch war, dass er seinen Arbeitsplatz zu Fuß erreichen konnte. Dennoch erwies sich dieser Dienstablauf als sehr stressig. Er wurde immer nervöser und begann zu rauchen. Alle Kollegen rauchten. Da war nicht zu rauchen gar keine Alternative! Außerdem war der Nikotin ein beliebtes Mittel gegen den Dauerstress! Und billig dazu. Bei den Tommys des Besatzungsmilitärs kostete eine große Zwanzigerpackung ‚Senior Service' nur zwölf Cent. Diese Lebensweise hinterließ natürlich ihre Spuren. Fred versuchte sich mit Sport und Spiel abzulenken und seinem Körper Gutes zu tun. Gelegenheiten dazu fand er beim Familiensportverein Hannover. Dieser Verein besaß in Misburg ein großes Grundstück und betrieb daselbst einen Sportplatz, vermietete über das Wochenende kleine Häuschen und unterhielt rund um den Sonnensee kleine Campingplätze.. Der einzige Nachteil war, dass der Familiensportbund eigentlich ein FKK-Verein war. Das Nacktsein war obligatorisch und wurde auch gepflegt. Hier begegnete er eines Tages der schönen Julia. Dass sie gerade alleine war, kam Fred gerade recht. Fred fragte nicht lange und zog zu ihr. Schon waren seine Wohnsituation in der Kaserne und die anstrengende Flugsicherungsarbeit viel leichter zu ertragen.

Bald darauf ging Freds reguläre Dienstzeit zu Ende. Er sollte eigentlich nach Heidelberg entlassen werden, aber, da er in Hannover lebte und arbeitete, wurde er, auf eigenen Wunsch, in Hannover dem Privatleben ausgehändigt. Jetzt kurz vor seinem zweiundzwanzigsten Geburtstag wollte er auf keinen Fall seinen Eltern begegnen, ohne etwas Besonderes vorweisen zu können. Eigentlich wollte er sich zuerst einen Ingenieur- oder Doktor-grad zulegen. Denn das wäre das Einzige, das zumindest seine Mutter beeindruckt hätte. Leider waren im Augenblick alle seine Pläne unerreichbar. Also blieb er erst einmal bei seiner derzeitigen Freundin Julia. Sie hatte sich seiner angenommen und hauste ihrerseits noch in einem winzigen Einzimmer-Appartement in der Nähe seiner ehemaligen Kaserne. So fühlte er sich vorübergehend wenigstens aufgeräumt. Er spürte nur ein gewisses Unbehagen. Hautnah aufeinander zu leben war für den freiheitsliebenden Fred nur sehr schwer zu ertragen. Obwohl er gerne auch einmal Kompromisse einging, war da gelegentlicher Streit schon vorprogrammiert und ließ auch nicht lange auf sich warten. Wie man so schön sagt: Sie liebten und sie schlugen sich. Fred wollte auf keinen Fall handgreiflich werden. Er war von seinen geistigen Fähigkeiten, als Streitschlichter, zumal in eigener Sache, überzeugt. Auch wenn er gerne mit Frauen spielte, war seine Motivation doch eher bestimmt von seinen Erfahrungen. Bisher hatten ihn, nicht ohne triftigen Grund, Frauen immer wieder verlassen. In solchen Momenten dachte er oft an seine erste Liebe in Heidelberg - Monika. Sie war seine Rock-n-Roll-Tanzpartnerin im CAVE in der Rohrbacherstrasse. Bald hatte sie sich, als sechzehnjährige, von einem über vierzigjährigen Galan blenden lassen. Seine Geschenke und sein Auto zogen halt mehr. Oder seine eigene Schwester, die, weil er mit dem steifen Stecken nicht tanzen wollte, den Kontakt zu ihm, als Bruder total abgebrochen hat. Natürlich war er oft selbst schuld an diesem Gefühl des Verlassenseins. Er provo-zierte gerne, um seine „Grenzen" auszutesten. Mit dieser, meist unterbewussten Masche hatte er seine Partnerinnen oft so lange geärgert, bis die aufgaben. Wenn dann alles kaputt war, wusste er zwar, wo seine Grenzen waren, aber er verlor die, die ihn vielleicht sogar wirklich geliebt hatten. Was war das nur für ein Schmerz, den er damit überwinden wollte? Wollte er sich daran gewöhnen um ihn nicht mehr wahrzunehmen? Er überlegte hin und her. Wie konnte er nur diese Situation zu seinen Gunsten verändern?

Er wandte sich erst einmal dem vermeintlich leichter lösbaren Problem, seiner zukünftigen Arbeit, zu. Sie sollte genug zum Leben einbringen und damit den Weg zum Studieren erleichtern. Nun hatte Fred zwar seine Pilotenträume schon begraben, war aber doch der Luftfahrttechnik immer noch ideell verbunden. Er bewarb sich bei der Lufthansa. Immerhin besaß er die erweiterte Fachhochschulreife, eine solide Flugzeugführerausbildung, eine Fernmeldeausbildung sowie einen Abschluss in englischer Sprache. Dazu kamen noch diverse Abschlüsse in Wetterkunde, Funkelektronik und Flugsicherung. Außerdem hatte er einen (quasi gewonnenen) Führerschein und bewegte mit dieser amtlichen Erlaubnis einen uralten Ford 17M. Das war alles zwar gut für Fred, aber die Lufthansa setzte andere Maßstäbe. Fred hätte gern bei der Lufthansa gearbeitet. Die bestand aber darauf: Ohne Abitur leider keine Chance! So beschloss Fred, kurzerhand zu versuchen, wieder in die Elektronikbranche einzusteigen. Das bisschen Geld, das von der Bundeswehr (ohne Abfindung, weil er vorzeitig gegangen war!) noch übrig war, reichte nirgendwohin. Also musste Geld her. Arbeiten - oder? Wie sonst hätte er seine persönlich vordringlichen Wünsche - Vorbereitung aufs Studium,

Geldverdienen und eine Freundin für's Leben, in die gewünschten Bahnen lenken können?

Anlässlich eines Familienbesuches in der Nähe von Garbsen stellte Julia Fred offiziell ihrer einzigen Schwester vor. Sie hatten sich zuvor schon einmal gesehen. Und damals hatte Jutta, rassig, schwarzhaarig mit begehrenswerter Figur, bei Fred einen bleibenden Eindruck hinterlassen. Da sie damals schon von dem schnuckeligen Fred begeistert war, funkte es ziemlich schnell. Ein Geschenk des Himmels, das Fred, ohne einen Finger krumm zu machen, da in seine Hände fiel. Sie verdiente als Fleischverkäuferin in der Schlachterei ihrer Eltern nicht schlecht. Leider war sie, trotz zierlicher Figur, ziemlich kräftig und liebte das Catchen. In Gedanken kalkulierte Fred vorsichtshalber, dass er den Respekt von seiner Seite wohl ein wenig vergrößern musste. Dafür kochte sie sehr gut und deftig. Und da die ‚Liebe durch den Magen geht', wäre mit viel köstlichem Sauerbraten, den Fred abgöttisch liebte, alles wieder in Butter gewesen. Hinter vorgehaltener Hand bot sie ihm an, wenn er je einen Platz suche, gewähre sie ihm gerne Unterschlupf. Aber alleine, ohne Schwester! Hallo, was war das denn? Fred war irritiert. Er konnte oder wollte nicht nein sagen. Und ja sagen schickte sich gerade nicht, solange er mit Julia schlief. Solche Angebote bekommt man im Leben nicht oft! Eher im Film. Aber was war das denn für ein Spiel? Fred war in solchen

Dingen noch immer ziemlich brav und wusste nicht recht, wie er sich verhalten sollte. Auf jeden Fall brauchte er nur noch abzuwarten, bis die Frucht reif war…Er hatte zwar als Soldat inzwischen schon einige Erlebnisse überstanden, aber solchen Ränkespielen war er noch nicht gewachsen. Fred wartete erst einmal ab und kuschelte noch mit Julia. Klamm-heimlich suchte er aber schon einmal, mit Schmetterlingen im Bauch, heimlich eine andere Wohnung. Und wartete auf *d i e* Gelegenheit.

Eines abends kuschelte sich Fred müde an Julia. Bald schlief er und träumte, in einer mit Blut gefüllten Badewanne zu plantschen. Jemand rief ihn. Er wachte halb auf und begann in die Dunkelheit zu lauschen. Das Bett fühlte sich warm und feucht an. Schlagartig wurde er ganz wach, schaltete die Nachttischlampe ein und erschrak fast zu Tode. Überall Blut. Julia lag mit blassem Gesicht, eingerahmt von ihren blonden Locken, und rührte sich nicht mehr. Spontan dachte Fred an einen Todesengel. Noch bevor ihn der Schreck lähmte, sprang er aus dem Bett, warf sich einen Bademantel über und wickelte Julia in eine große Decke. Hier konnte sie nicht liegen bleiben. Er schleifte sie, schmächtig wie er war, mühselig zum Auto. Wie auf dem Weg zur Hölle raste Fred zur Notaufnahme des nächsten Krankenhauses. Es war drei Uhr morgens. Die Notaufnahme glich plötzlich einem Hühnerhaus. Die Schwestern gackerten, wie weiße Vögel auf einer Wiese, wild durcheinander. Jetzt erst realisierte Fred, dass auch er selbst über und über mir Blut besudelt war. Ein Arzt erklärte hastig die Ursache für das viele Blut - vermutlich eine Fehlgeburt. Eine resolute Schwester packte Fred und schleifte den Blutverschmierten ins Stationsbad. Mit neuer weißer Hose und einem viel zu weiten weißen Kittel darüber, wartete er dann auf dem Flur auf seine geplagte Freundin. Ein Arzt nahm ihn dann als vermeintlichen Kollegen mit ins Arztzimmer auf eine Tasse Kaffee. Fred kam allmählich wieder ganz zu sich. Die Diagnose ‚Fehlgeburt' traf ihn, der noch an die wahre Liebe glaubte, mitten in die leere Magengrube. Ein gemeinsames Kind wäre doch, natürlich ohne an die Folgen zu denken, schön gewesen. Aber ausgerechnet er, vor lauter Angst vor den Folgen ein Meister des Coitus interruptus, sollte die Ursache dafür gewesen sein? Äußerst unwahrscheinlich! War er betrogen worden? Egal, das spielte keine Rolle mehr. So schrecklich das Ganze war, irgendwie schien Fred darauf gewartet zu haben. Da war wohl sein Wunsch Vater der neuen Situation geworden! Ein Leben, in dem man zwar frei entschei-den durfte, das aber auch musste, überforderte ihn noch. Die von ihm gewünschte Entscheidung zu treffen, war jetzt sehr viel leichter geworden.

Ab diesem Augenblick dachte er nur noch an Julias Schwester. Jutta und ihr ‚Angebot' war greifbar geworden.

Er überlegte angestrengt. Wäre er mit Jutta zusammen, dann könnte er so quasi als ‚Familie' auch die neue Wohnung, die er sich ausgesucht hatte, leichter mieten. Damit wäre ein neues Zuhause garantiert. Sogleich rief er Jutta an. Sie war mit einer gemeinsamen Zukunft einverstanden. Flugs zog sie aus der Schlachterei aus. Gemeinsam mieteten sie die schöne Dreizimmerwohnung in Garbsen, die er vorher schon ausgesucht hatte. Von dem einstöckigen nagelneuen hölzernen Fertighaus war es nicht weit bis zum Blauen See. Alles fügte sich ideal zusammen und Julia war ohne Abschied vermutlich beleidigt von der Bildfläche verschwunden. Sie zogen sogleich ein. Jetzt musste sich Fred nur noch schleunigst nach Arbeit umsehen. Eigentlich wollte er studieren. Aber das nächste Semester an der Ingenieurakademie, das in Frage gekommen wäre, startete erst im September. Noch drei lange Monate mussten überbrückt werden. Diese Zeit wollte Fred aber gerne ohne den Makel der Arbeitslosigkeit überbrücken. Er entdeckte er in der Zeitung ein kleines Inserat: „Freier Kraftfahrer mit Führerschein Klasse III gesucht." Das wäre zur Überbrückung ganz nach seinem Geschmack. Gegen Bezahlung in einem schönen Auto spazieren zu fahren. Also los! Nach bewährtem Muster Blumen besorgen, der Sekretärin - einer Frau, die manipulierbar war - die Blumen in die Hand drücken und spontan erklären: „Der neue Kraftfahrer ist da!" Es klappte auf Anhieb. Fortan düste Fred - leider nicht so wie er es sich ausgemalt hatte - durch Hannovers Innenstadt: Mit einem blitzenden Mercedes am Straßenrand nach schönen Mädchen Ausschau halten? Nein - er musste einen Siebeneinhalbtonner steuern, dessen unsynrchronisiertes Getriebe des öfteren geräuschvolle Liebesgrüße schickte. Mit diesem ‚Traumwagen' richtig fahren zu lernen und daneben auch noch Elektrogeräte flott ausliefern war Schwerstarbeit! Wieder einmal hatte Freds hastiger Schnellschuss nicht das erträumte Ergebnis erbracht. Aber wieder einmal hieß es sich durchbeißen. Der Sommer zog sich fast endlos. Jutta verwöhnte ihn liebevoll. Als Fleischverkaufsfachkraft war sie gleich um die Ecke einen guten Job bekommen. Da fiel schon immer wieder einiges ab! Jeden Tag gab es Freds Lieblingsessen: Braten. Und sonntags zur Abwechslung Essen beim Italiener. Es fühlte sich paradiesisch an, aber wie immer, wenn sich vermeintlich die Tür zum Paradies geöffnet hat, schlug das Schicksal eine weitere Kerbe in Freds Seele.

Hochsommer. Jutta und Fred gingen gern schwimmen zum nahen *Blauen See*. Fred, ein bisschen erkältet vom Fahren mit offenem Fenster, fröstelte. Auf der Luftmatratze im Wasser treibend, ließ er sich von der Sonne wärmen. Sein Rücken, vom lauen Wasser sanft gestreichelt, kühlte immer weiter aus. Fred merkte noch nichts. Im Gegenteil: Die pralle Sonne wärmte ihn wie mit einem Heizkissen.

Später, als er zu husten begann, wurde ihm heiß. Fieber setzte ein. Es stieg rasch. Im nahen Krankenhaus wurde eine doppelseitige Lungenentzündung diagnostiziert. Da erschien Fred im Fiebertraum sein Bruder, der vier Wochen vor seiner Geburt an der gleichen Krankheit gestorben war, dann wurde er bewusstlos. Das war das zweite Mal, dass er zwischen den Welten schwebte und doch wieder zurück musste. Nach einer kritischen Woche Intensivversorgung im Krankenhaus begann er wieder zurück ins Leben zu paddeln.

Kaum genesen, bewarb er sich - endlich erfolgreich - bei Telefunken. Die vage Hoffnung auf einen Beruf im Bereich Elektrotechnik ließ ihn immer noch nicht los. Er fand einen freien Arbeitsplatz in der Reparaturabteilung für Elektroakustik und begann zunächst mit Minifonreparaturen. Das waren Diktiergeräte, bei denen ein, auf einer Spule aufgewickelter Draht magnetisiert wurde. Solche finde man heute nur noch im Museum. Weitere Arbeitsplätze folgten in bunter Reihenfolge: Radios, Tonbandgeräte und die ersten Fernsehgeräte. Also die ganze Unterhaltungselektronik. Die meisten Fernseher waren noch in Schwarz/Weiß-Technik, aber bei Telefunken erschienen schon die ersten Röhrengeräte für Farbe. Diese Tätigkeit fühlte sich für Fred wie bezahlte Weiterbildung an. Jutta staunte nicht schlecht und freute sich mit Fred über jedes seiner Erfolgserlebnisse. Allmählich ging es wieder aufwärts.

Ihre Wochenenden verbrachten sie nun wieder häufiger beim Familiensportbund am Sonnensee. Ein Freidenker-Sportverein zum Wohlfühlen. Nach der Zuteilung einer kleinen Stellfläche mit Bretterpodest direkt am Wasser errichteten sie ein ‚Drei-Mann-Zelt' unter zwar nadelnden, aber dafür schatten-spendenden Kiefern. Besonders praktisch war, dass alles stehen bleiben durfte, da das abgeschlossene Gelände nur für Mitglieder mit Ausweis zugänglich war. Schwester Julia war zu einem anderen Freund gezogen und ließ sich nie mehr blicken. Fred genoss die neue Freiheit exzessiv und mit allen Facetten. Bezüglich der Vorgänge innerhalb des FKK Vereins war Fred noch ziemlich naiv! Das Thema Sex wurde damals öffentlich total unter den Tisch gekehrt. Natürlich war die Lebensweise dort mit Sonne, See und vielen Nackten sehr anregend. Das wirkte auch bei Fred. Jeder hatte Sex, wie das in Familien oder Paarbeziehungen üblich ist, aber das hatte privat zu bleiben. Bei einem Familiensportbund, bei dem auch ständig viele Kinder anwesend waren, durften die Mitglieder sich nicht den leisesten Anschein geben, außerehelich sexuellen Handlungen zu vollziehen. und Sogar die Öffentlichkeit, soweit sich überhaupt Berührungspunkte ergaben, schauten, schon wegen der „Gemeinnützigkeit" besonders genau hin.

Fred hatte ja in seinem bisherigen und bunten Leben viele diesbezüglich belastende Erfahrungen gemacht. Schon deshalb war die Situation der ungewohnten „Freiheit" dieser Lebensart für ihn besonders 'heikel'. Fred war mit Jutta sehr zufrieden und empfand keinerlei weitere Bedürfnisse. Bis die beiden das ungewöhnliche Pärchen Hanne und Manne kennenlernten. Gemeinsam spielten sie Ball und schwammen miteinander. Grillen, Kartenspielen und Feiern. Alles war gemeinsam unterhaltsam. Die Beziehungen gestalteten sich allmählich intensiver.

Eines schönen Sonntagnachmittags neigte sich die dritte Weinflasche ihrem Ende zu und Manne ging mit Jutta spazieren. Hanne bemühte sich, Fred, der ohne zu frieren leicht fröstelte, zu wärmen. Das gegenseitige Wärmen machte immer mehr Spaß. Manne und Jutta kamen zurück und Fred sah ihnen deutlich an, was geschehen war. Fortan trafen sie sich immer öfter und Fred wurde überzeugt, dass das ‚alles' dazugehören sollte. Es ergaben sich - auch durch die Animation seiner Partnerin Jutta - wie zufällig noch mehr neue Paarbeziehungen. Fred, dem das alles noch ein bisschen unheimlich war, reagierte manchmal ziemlich geschockt. Aber solange seine Partnerschaft mit Jutta keinen Schaden nahm? Solange er die Freiheit hatte wegzulassen, was ihm nicht behagte, probierte er es auch. Es bildete sich mit der Zeit eine Mischung von Orgien und Kamasutra! Trotz der Prüderie, die im Verein herrschte, wurde ganz allgemein nichts ausgeschlossen. Bei gemeinsamen Treffen, Wettbewerben oder Ballspielen aber benahmen sich die meisten Mitglieder sehr züchtig. Fred und Jutta hatten sich den Gepflogenheiten angepasst und dabei eine ganze Menge neuer Erfahrungen und Möglichkeiten miteinander umzugehen kennengelernt.

Im Folgejahr schrieb sich Fred dann in das Herbstsemester an der Ingenieurakademie Hannover ein. Seine Lebensart veränderte sich komplett. Manchmal kam ihm das wie die Vertreibung aus dem - nackten - Paradies am Sonnensee vor.

Meide zu fragen, was morgen sein wird!

Ende der Jugendjahre

Herstellung und Verlag:
BoD - Books on Demand, Norderstedt
ISBN 978-3-7357-2326-0

© design mea 2010

Günther Seidel, 1940 in Friedrichshafen geboren, entdeckte schon früh seine Liebe zum Lesen und zur Kunst des Schreibens. Nach einer Phase des Experimentierens mit einfachen Gedichten, begann er auch seine Gefühle in „Lyrik" zu formulieren. Im Laufe der Zeit entstanden viele Zeitungsbeiträge, Essays und viel Lyrik. Während der letzten zehn Jahre forderte der Wandel unserer Gesellschaft immer mehr zeitkritischen „Biss". Es entstand dieses Buch über die Kunst des Miteinander-Lebens. Seit 2016 Mitglied im Zirkel Abendtexte-Texte am Abend, lebt er nun mit seiner Frau in Tettnang.